W0295133

LA MAISON BLANCHE

Dans la même collection [b I s]

Ruth Klüger
Refus de témoigner - UNE JEUNESSE
Traduit de l'allemand

Dezsö Kosztolányi
Alouette
Anna la douce
Le Traducteur cleptomane
Traduit du hongrois

Ricarda Huch
Le Dernier Été
Traduit de l'allemand

Annie Messina
Le Myrte et la Rose
Traduit de l'italien

Hjalmar Söderberg
Le Jeu sérieux
Traduit du suédois

Gaïto Gazdanov
Chemins nocturnes
Traduit du russe

LÉON WERTH

LA MAISON BLANCHE

Première lecture de Gérard Meudal

Portrait-préface de Valery Larbaud

VIVIANE HAMY

© Éditions Viviane Hamy, 1990
Conception graphique de la couverture : Pierre Dusser
© Photo : Déri Miklós ; DR
ISBN 2-87858-154-7

RETOUR DE LA FIÈVRE WERTH
par Gérard Meudal

Le nom de Léon Werth n'a laissé dans l'histoire de la littérature du début du siècle qu'une trace très discrète : cette dédicace sur la page de garde du *Petit Prince* de Saint-Exupéry : « À Léon Werth quand il était petit garçon. » Aucun de ses livres n'a été réédité depuis sa mort en 1955. On a oublié que ses écrits sur la peinture ont été considérés comme des modèles du genre et que ses reportages politiques ont déclenché des tempêtes. Lorsque *La Maison blanche* de Werth – aujourd'hui réédité – fut publié en 1913, Octave Mirbeau, dans sa préface, le présentait en ces termes : « Son œuvre, aujourd'hui, se mesure à la puissance de haine et à l'ardeur d'enthousiasme qu'il a su provoquer. » Et ce n'était que son premier livre.

Né en 1878 à Remiremont dans une famille juive de la petite bourgeoisie, Léon Werth entreprend de brillantes études à Lyon, puis à Paris. Prix de philosophie au concours général, il entre en hypokhâgne au lycée Henri IV, mais se montre rapidement réfractaire à l'aspect routinier de l'enseignement qu'il abandonne pour exercer toutes sortes de petits boulots. Son service militaire le rend violemment antimilitariste pour le restant de ses jours. La publication de *Clavel soldat* [1] et *Clavel chez les majors* en 1919 fit scandale.

1. Éditions Viviane Hamy, 1993.

Sauf quand il écrit sur la peinture, Werth suscite toujours la polémique. En 1926, il rapporte d'un voyage en Cochinchine[1] un pamphlet anticolonialiste qui provoque une campagne de presse orchestrée par la droite. À gauche, on se méfie de lui. Werth ne s'est jamais inscrit au Parti communiste. Il ne fit même pas le voyage en URSS des intellectuels de l'époque. Pour une bonne raison : on ne lui accorda jamais son visa, à cause des articles antistaliniens qu'il avait publiés dans le journal *Monde*, dont il était rédacteur en chef de 1930 à 1934. C'est vers cette époque qu'il tente de faire publier chez Grasset son livre *Conscience 1935*. La lettre de refus qu'il reçoit situe bien sa position dans le monde des lettres :

« Vous vous rappelez que, tout d'abord, quand vous m'avez apporté le manuscrit, j'étais a priori très favorable, et puis je l'ai lu et la qualité de pensée, comme la qualité de l'expression m'ont beaucoup impressionné.

Au moment de prendre une décision et lorsque notre comité me dit : "Estimez-vous qu'un tel livre peut atteindre un très large public ?" j'hésite. Nous n'avons encore rien publié de cet excellent auteur. Depuis longtemps il s'est tenu à l'écart. Il fait aujourd'hui, et sans doute a-t-il raison, figure d'indépendant farouche. Ni la droite ni la gauche, pour trancher ainsi la presse en deux catégories arbitraires, n'accepteront de le soutenir. Pour forcer le succès, son éditeur sera donc seul et c'est un effort très important qu'il faudrait donc prévoir si nous acceptions ce livre. Or, dans notre programme actuel, je ne vois pas avant de longs mois, la possibilité de le faire et ne pouvant ainsi envisager de donner à une œuvre aussi considérable un éclat suffisant, je crois qu'il vaut mieux ne pas nous charger de sa publication. »

1. *Cochinchine*, éditions Viviane Hamy, 1997.

La Maison blanche n'a rien d'un pamphlet politique et n'eut pas besoin d'un effort éditorial particulier pour atteindre un large public. Il se trouva en concurrence avec *Le Grand Meaulnes* d'Alain Fournier pour l'attribution du prix Goncourt 1913 ; ce fut, cette année-là, *Le Peuple de la mer* de Marc Helder qui les départagea.

« Peut-être les hommes sauront-ils un jour tirer de la maladie une leçon de joie et de sérénité. » Les premiers mots de *La Maison blanche* peuvent faire craindre une apologie mystique de la souffrance, mais le propos de Léon Werth en est exactement l'opposé. « Les mystiques aimèrent la souffrance pour elle-même, par haine de la santé et de la vie, et se consolèrent par la magnifique illusion de l'offrir à Dieu. (...) En contraste, de gros hommes gloussent ridiculement à la seule pensée de la souffrance physique. Mais personne n'aime la maladie pour ce qu'elle contient d'imprévu, de comique ou de joyeux. »

Il ne s'agit pas, bien sûr, de petits malaises sans conséquence, mais de maladie grave, la seule qui vaille qu'on en parle. Lors d'un séjour en Bretagne, le narrateur éprouve soudainement une violente douleur à l'oreille après un plongeon dans la mer. La maladie commence par une otite, qui se complique d'un abcès temporal. La fièvre monte, la douleur devient insupportable, il faut opérer. Le patient, ramené à Paris, est admis dans la « maison blanche », où il va osciller pendant plusieurs semaines entre la guérison et la mort.

Le livre de Léon Werth est exceptionnel en ce qu'il évite les écueils habituels des écrits sur la maladie. Sans complaisance ni commisération, il fait le récit d'un voyage, avec ses péripéties, ses épisodes comiques, ses découvertes. « Un malade débute dans la maladie, comme un enfant fait ses premiers pas. Il n'est pas ridicule, il est comique. Il peut être attendrissant. Mais n'ayez pas la larme à l'œil, chaque fois que vous voyez un malade, ne pleurez pas automatiquement. Si, de sa maladie, le malade ne tire aucune joie, c'est qu'il n'en tirerait aucune de la vie, c'est qu'il est indigne de la santé. » Werth s'applique à « explorer gaiement la maladie ».

Dire que son récit est désopilant serait exagéré, mais il est constamment alerte malgré la difficulté qu'il y a à parler de la souffrance physique. Quand on l'éprouve, on n'a pas le moyen de l'analyser ; quand elle s'éloigne, on s'empresse de l'oublier. Werth observe avec un intérêt amusé les conséquences de la maladie, les modifications de la perception sous l'effet de la douleur mais aussi de la morphine qu'on lui administre. « J'éprouvais une sensation très douce de méditation en liberté, analogue à celle qu'éprouve un rameur qui s'est couché dans le fond d'une barque et qui se laisse aller au courant. Je m'abandonnais avec confiance à mon propre corps. C'était lui qui était chargé de lutter. Je n'avais rien de l'effroi qui me hantait, sans me paralyser, lorsque, glacé par le froid en pleine mer, je dus nager jusqu'à la rive, à courtes brasses pour ne pas m'essouffler. Calme méditation, dans le bien-être de cette immobilité, sans autre divertissement que suivre les mouvements de l'infirmière blanche dans la blancheur de la chambre. » La régression aussi a ses charmes, la maison blanche est un lieu où la responsabilité n'existe plus, où le patient se sent redevenir enfant, sauf que les enfants n'éprouvent pas de plaisir particulier à être des enfants.

La difficulté intervient plutôt au moment de la guérison quand il faut réapprendre à vivre « hors du banc ». « Le bon malade garde de la maladie un agréable souvenir. Il n'y prend pas un goût malsain. Il ne désire pas recommencer. Mais il y pense comme, de retour en Europe, le voyageur pense à la brousse tropicale. On en meurt ? C'est possible. Mais qui me dit que, sans la maladie, dont j'ai guéri, je ne serais pas mort de dégoût ? » Comme quoi, redécouvrir Léon Werth est une opération salutaire au point que sa *Maison blanche* devrait être remboursé par la Sécurité sociale.

Libération, 19 avril 1990

SOUVENIRS

par Valery Larbaud

Charles-Louis Philippe me dit une fois quelque chose qu'avait dit un de ses amis, Werth. C'était la nuit, sur les quais. Je le raccompagnais chez lui à pied; nous avions beaucoup parlé de Thomas Hardy et, sous les arcades de la rue de Rivoli, nous avions assisté à une querelle d'ivrognes présidée par la statue de Coligny. Il y avait autour de nous, près et loin, des lanternes rouges et des lanternes vertes. Je priai Philippe de m'épeler le nom de son ami. Dès ce moment je n'oubliai plus qu'un des amis de Philippe s'appelait Léon Werth.

Quelque temps après je vis son nom imprimé. Mais ce ne fut qu'après la mort de Philippe que je le rencontrai. Marguerite Audoux me conduisit chez lui. Il habitait provisoirement une cellule d'un couvent désaffecté qu'on allait transformer ou démolir et devant lequel j'étais souvent passé quand j'étais enfant. Je me souviens de la robe de chambre qu'il portait, et qui avait l'air d'un froc, ou d'un burnous, qui allait bien avec sa figure brune et barbue, – le profil et la barbe formaient un angle curieux à considérer; il me fit penser à un couteau de chasse entrouvert, – et avec l'œil enfoncé, vif et remuant, pailleté d'or. De cette première entrevue je gardai gravés dans ma mémoire le geste et le ton avec lesquels il repoussait une erreur, un mensonge, une prétention : Non, ça, c'est pas vrai! Faut pas nous la faire. Cela dit à propos d'un lieu commun, d'une formule de la Sagesse des Nations.

Je le retrouve à La Phalange [1] *chez Royère; à Neuilly, chez Francis Jourdain; je le revois chez moi, boulevard Montparnasse, puis en Bourdonnais où il vient passer une courte convalescence pendant que je fais un séjour chez ma mère, puis chez lui, rue Campagne-Première, et, après 1918, chez lui encore, près du Jardin du Luxembourg. Partout, ses sorties furibondes contre la sottise et le mensonge, ce qu'on peut appeler ses « éreintements oraux », me font plaisir, m'amusent, m'émeuvent, me convainquent même, momentanément.*

Comme il a raison de détester ce mauvais poète, ce romancier qui flatte la bassesse et la vulgarité bourgeoises, ce peintre pour gens du monde, cette complète crapule d'homme d'État; d'être écœuré par cette maison, par ces meubles, orgueil d'une famille de parvenus, par la couleur et le dessin de ces étoffes! Tout ce qui nous entoure est incurablement bas, vulgaire, sauvage. Il n'y a plus de peinture; la littérature le dégoûte; les poètes que j'admire le dégoûtent; Samuel Butler le dégoûte; je le dégoûte.

Pourtant, longtemps avant de le connaître, je m'étais aperçu que la haine c'est du temps perdu, et que s'occuper des imbéciles et des méchants c'est leur faire trop d'honneur. « Non ragionar di lor... » On ne

1. Revue littéraire que dirigeait Jean Royère (juillet 1906-mai 1914).

peut pas mieux dire. Aussi, j'étais blasé en ce qui concerne les éreinteurs : j'en connaissais toutes les variétés : l'homme de lettres, raté par vocation, qui n'admire jamais rien, ou qui admire contre quelqu'un; la bigote médisante des petites villes; le jeune mécontent qui semble pressentir ses futurs insuccès et qui s'en venge par anticipation; l'homme qui n'est rien, mais qui a de lui-même une idée si haute que la médiocrité, qu'il voit partout et surtout où elle n'est pas, l'indigne, et qu'il serait celui qui, se croyant sans péché, jetterait la première pierre. Mais les « éreintements oraux » de Werth ne faisaient pas de lui un « éreinteur », et je ne suis pas peu fier de m'en être rendu compte dès nos premières conversations, et de l'avoir nettement distingué de la pitoyable race des mécontents et des satiriques intéressés. Avec lui, l'éreintement s'élevait tout aussitôt vers les plus hautes régions de l'esprit. Ce n'était pas le soulagement d'un ambitieux qui se croit méconnu et qui exige sa part. C'était la recherche de la vérité.

Quelles discussions nous avons eues, – surtout entre 1910 et 1914, – si abstraites, si élevées, – si jeunes, mais de la jeunesse incorruptible de l'intelligence. Pauvre Chesterton, entre les mains de Léon Werth! (Et pourtant, je lui sortais les meilleurs passages de Hérétiques.) J'avais toujours tort. Même quand je sentais le défaut de son argumentation, je n'arrivais pas à en triompher. Une seule fois je l'ai eu : je lui ai dit : Eh bien, emparez-vous du Pouvoir, et nous verrons! Nous avons bien ri. Ces conversations, dont les témoins pensaient que nous allions sortir brouillés à mort, s'engageaient un peu comme des parties de billard. Elles jouaient, dans nos rapports quotidiens, le même rôle que le billard dans les rapports de certains paisibles habitués de café. C'est *sans doute que chacun de nous chassait un gibier particulier. Je ne tenais pas beaucoup à avoir raison et je n'étais pas trop déçu quand je voyais que je n'avais pas réussi à entamer mon contradicteur. Ce qui me plaisait surtout, c'était la leçon qu'il me donnait : « Non ragionar di lor », c'était très joli, mais il fallait bien quelquefois faire front et repousser la sottise et la vulgarité envahissantes, et, en somme, il me montrait mon devoir, qui était de fortifier en moi certaines aversions que j'aurais pu laisser s'endormir. Il exhortait le fidèle que j'étais à « veiller et prier ». Et je suis content chaque fois que je retrouve cette exhortation dans ce qu'il écrit, – avec bien d'autres qualités.*

Et puis, en ce temps-là, il y avait parfois une visite de Régis Gignoux ou de Léon-Paul Fargue; un petit dîner intime où Quasie, qui avait treize ans, mangeait pour la première fois du caviar. Marguerite Audoux venait, ou bien nous allions chez elle. Jean Royère vint aussi, et, un matin, Saint-Léger Léger, qui s'était rapproché du Pôle. Nous récitions, pour M. Voldoire [1], *des vers de Paul Valéry, sept ans avant la publication de* La Jeune Parque. *Chez ma mère, un vieux phonographe, bien malade, nous grognait le répertoire de Victoria Monks, et il était souvent question de quelqu'un qui était parti sans laisser d'adresse.*

Comme tout ça semble récent! Est-ce que notre jeunesse continuerait? Mais oui, et nous serions encore capables de faire une partie de billard philosophique (que je perdrais), ou même d'inviter la jolie locataire

1. Homme de confiance de Mme Larbaud.

du troisième, mannequin chez Drecoll[1]*, à prendre le thé avec nous... (Vous souvenez-vous de ces épais gâteaux secs, si nourrissants, si veloutés, que vous aviez découverts dans une boutique anglaise du quartier de l'Opéra? Je n'en ai plus mangé depuis.)*

Pourtant tout ça se passait un an, au moins, avant la publication de La Maison Blanche. *Mais Léon Werth, en cet hiver 1922-1923, vient tout juste de sortir de ses* Dix-neuf ans[2].

1. Maison de couture qui disparut en 1930.
2. *Dix-neuf ans* est le titre d'un roman de Léon Werth paru en 1922.

LA MAISON BLANCHE

Peut-être les hommes sauront-ils un jour tirer de la maladie une leçon de joie et de sérénité. Les mystiques aimèrent la souffrance pour elle-même, par haine de la santé et de la vie, et se consolèrent par la magnifique illusion de l'offrir à Dieu. Ils s'en détaillaient voluptueusement les symptômes, comme un père attendri contemple en chemin le cadeau qu'il vient d'acheter et qu'il porte à son enfant. En contraste, de gros hommes gloussent ridiculement à la seule pensée de la souffrance physique.

Mais personne n'aime la maladie pour ce qu'elle contient d'imprévu, de comique ou de joyeux.

Le comique... Nous croyons qu'il est décent de ne pas l'apercevoir là où est la tristesse, là où est le malheur. Les nègres sont moins bêtes que nous. Un explorateur qui traversa l'Afrique me raconta qu'ayant fait halte près d'un gué et s'étant endormi sous sa tente, il fut réveillé par les éclats de rire de ses porteurs nègres. Il se leva et s'approcha d'eux, qui faisaient cercle près de la rivière. Ils étaient agités par la plus irrésistible hilarité. Ils sautaient alternativement penchés et redressés, basculaient sur leurs jambes, ou ils frappaient leurs cuisses nues de grandes tapes sonores, du plat de la main. Il s'enquit du motif de leur hilarité : un nègre, en traversant la rivière, avait eu le pied sectionné net par un crocodile.

Un malade débute dans la maladie, comme un enfant fait ses premiers pas. Il n'est pas ridicule. Il est comique. Il peut être attendrissant. Mais n'ayez pas la larme à l'œil, chaque fois que vous voyez un malade, ne pleurez pas automatiquement. Si de sa maladie, le malade ne tire aucune joie, c'est qu'il n'en tirerait aucune de la vie, c'est qu'il est indigne de la santé.

Et ne prenez pas un air trop grave, si vous songez qu'il est menacé de mourir. La mort n'est pas un événement exceptionnel. Et le miracle, ce n'est pas la mort, c'est la vie.

J'aimerais votre respect des malades, s'il n'était absurde. Vous acceptez, vous vénérez tout ce qui fait mourir, sauf la maladie.

Les malades ont des soins. Même les pauvres, qui sont mal soignés, cependant sont soignés. Je ne puis adopter votre mesure de la maladie. Quand vous rencontrez un miséreux dans la rue, vous lui donnez deux sous, si vous avez bon cœur. Mais vous consentez pleinement à sa misère. Si ce miséreux est malade, vous lui bâtissez un hôpital. Pourquoi?

Vous avez fait de la maladie le luxe des classes pauvres. Vous avez décidé qu'elles étaient indignes de tout autre luxe. Bien. Mais ne vous caressez pas vous-même de votre pitié, de votre pitié qui s'applique mal et dépasse son objet. Vous me faites penser à ce gamin qui par un jour de juillet eut la pensée charmante d'apporter un éventail pour éventer sa mère, qui avait la migraine. Mais il approchait si soigneusement sa tête de l'éventail balancé, que le meilleur de la fraîcheur était pour lui. Modérez votre pitié de la maladie. Vous manquez d'imagination, ou du moins de perspicacité. Vous n'entrez en pitié qu'au spectacle de l'agonie.

Dieu nous envoie la maladie comme une épreuve, disaient les mystiques. Et ils avaient ainsi la double joie d'offrir leur souffrance à Dieu et de la recevoir de lui. Pour nous la maladie n'est pas une épreuve, mais elle a sa place dans notre vie. Elle est un moyen d'expérimenter la vie. Elle est aussi, bien souvent, le moyen de retrouver en soi les forces vraies qui permettent de vivre. Car elle est un repos, une station.

Il y a le bon et le mauvais malade. Le bon malade est celui qui n'a pas peur de la mort et qui explore gaîment la maladie. Le bon malade garde de la maladie un agréable souvenir. Il n'y prend pas un goût malsain. Il ne désire pas recommencer. Mais il y pense comme, de retour en Europe, le voyageur pense à la brousse tropicale.

On en meurt? C'est possible. Mais qui me dit que sans la maladie, dont j'ai guéri, je ne serais pas mort de dégoût?

La maladie, c'est l'oasis. Je parle de la belle maladie, de la maladie qui a un commencement et une fin, et non pas de ces maladies qu'on appelait autrefois de langueur.

Je ne savais jamais où retrouver mes sentiments haletants et dispersés. Mon adolescence s'en accommoda. Ma jeunesse commençait à en souffrir. La maladie m'apporta le calme. Tout d'abord elle m'étonna et m'exaspéra. Je ne connaissais pas le métier de malade. Mais bientôt je fus comme un nageur fatigué qui, loin de la rive fait la planche, détend ses muscles et s'abandonne.

Les riches qui ont une vie molle et sont toujours au centre du monde comme des malades précieux, sur qui veillent les autres hommes, ne connaissent de la maladie que la souffrance corporelle. Les paresseux n'y trouvent qu'une occasion de paresse moins agréable. Enfin les malades professionnels n'y entendent rien. Ils n'ont plus de surprise et, même quand ils en sont obsédés, ils n'aiment pas leur mal. Ma rude santé et la vie que j'avais menée me prédisposaient à aimer, d'un amour sain et passager, ma maladie.

Mon père était marchand de vins, avenue du Maine, tout près de la rue de la Gaîté. J'avais sept ans lorsque je perdis ma mère. La clientèle de mon père était composée – pour le restaurant – de cochers et de quelques filles qui venaient en pantoufles de l'hôtel d'Armorique et de l'hôtel de l'Avenir. Mais elle était – pour la limonade – beaucoup plus variée. En ai-je vu, devant le comptoir, des ouvriers, des camelots, des chanteurs ambulants, des acrobates de la rue et des employés sans places ! Quand les lumières s'allumaient, les ménagères, parfois en revenant du lavoir, buvaient des raspails [1], et le soir, les filles, entre deux passes ou entre deux quarts, buvaient des vins blancs.

Assis sur la banquette, au fond de la boutique, j'écrivais mes devoirs sur une des tables de marbre.

Mon père s'occupait peu de moi. « Les enfants, disait-il, c'est l'affaire des femmes... » Il avait des principes. Je ne devais pas l'embrasser le matin quand je partais pour l'école, mais seulement le soir quand j'en revenais. Le client du matin boit vite et veut être servi de même. On sert des cafés et des

1. Liqueur, aujourd'hui disparue, à base d'herbes et de plantes.

vins blancs gommés. Mon père n'avait pas de temps à perdre. Mais quand je rentrais à l'heure de l'apéritif, il disait :

– Vlà le gamin.

Je passais derrière le comptoir. Mon père se penchait, glissait sa serviette sous le bras et me tendait une joue épaisse, ronde et rude. S'il versait une consommation, il ne s'interrompait pas et ne se penchait vers moi qu'après avoir posé la bouteille dans le trou du zinc qui lui était destiné. Mais, après, il prenait son temps. L'heure de l'apéritif permet de la tendresse et du loisir. Il y a gros travail. Mais le client flâne et cause. Après ce baiser de l'apéritif, mon père ne s'occupait plus de moi. Le soir, quand j'avais sommeil sur ma banquette, c'était une des filles de l'hôtel d'Armorique ou de l'hôtel de l'Avenir qui m'envoyait au lit.

Je jouais à la sortie de l'école avec les petites Italiennes qui déjà font métier de modèle, ou du moins rôdent dans les couloirs des casernes d'ateliers.

Deux ou trois fois par an, mon père disait :

– Tâche de rentrer à l'heure... Le ruisseau n'est pas fait pour les enfants...

Je connus le ruisseau et la rue : la rue de la Gaîté qui est la plus belle du monde, la rue de la Gaîté qui est une transition entre le faubourg et la ville, et où le faubourg, laissant ses peines, apporte et rassemble ses joies.

La meilleure de mes camarades de jeu fut Henriette Godillet, qui était la fille d'un homme de peine et d'une femme de ménage. Elle avait un visage très doux, ovale et lourd, dont on ne savait pas s'il était d'un bébé ou d'une femme en pleine maturité. Mais il est certain que, dès l'âge de dix ans, elle ne ressemblait guère à une fillette. Je l'aimais beaucoup.

Le jeudi, nous allions nous promener jusqu'aux fortifications. Je lisais d'effroyables romans à treize sous et je les lui racontais. Très paresseuse, elle ne lisait aucun livre. Je l'aidais aussi à faire ses devoirs.

Je me souviens surtout de nos promenades. Henriette connaissait la rue beaucoup mieux que moi. Habitué aux longues méditations dans la boutique paternelle, surveillé malgré tout, habitué à faire la différence entre les gens comme il faut et les rien-du-tout, j'aimais la rue, comme une perpétuelle espérance d'aventures; mais aussi je la redoutais, je savais qu'elle était dangereuse. Je voyais que rien ne s'y passe comme dans les boutiques ou dans les livres, que rien n'y est prévu, qu'on y rencontre des voyous. Mon expérience déjà m'avait appris que l'enfant n'y est pas chez lui, qu'on l'y tolère seulement. J'ai entendu bien souvent des :

– Que j't'y reprenne à rôder par là, galopin.

Ou des :

– J'vas t'botter, gluant...

Et cela, pour avoir simplement arrêté le cours d'un ruisseau, dans une rue transversale, en assemblant quelques pavés ou en déplaçant la toile de sac que les balayeurs du matin laissent souvent au niveau de la bouche d'égout. Si je prenais part à un rassemblement, certes personne ne me chassait. Mais hors les cas de cheval abattu, il arrivait souvent qu'un vieux livreur à la moustache tombante ou qu'une ménagère portant son ventre comme un sac chargé, laissât tomber sur moi un :

– Ce n'est pas la place des enfants...

Je faisais semblant de ne pas entendre. Mais j'étais gêné. Timide, je ne protestais pas. Je ne répondais que bien rarement par un gros mot.

Un jour, à la fête du Lion, une fille en cheveux, à moitié saoule, eut une crise nerveuse. Des agents, comme elle se roulait sur la chaussée, la prirent aux épaules, avec brutalité. La foule en cercle riait. Une boutiquière du quartier voulut m'emmener. Des gamins avaient les yeux fixés sur moi. Ce jour-là, je trouvai la riposte :

– Hé, la petite mère, je t'empêche pas de te rouler aussi, si ça te démange...

J'eus un gros succès. Mais je ne recommençai pas. J'avais comme la plupart des enfants, un grand besoin qu'on m'approuvât.

Henriette au contraire n'avait aucun souci de l'opinion.

Son père était mort, comme elle avait six ans. Sa mère lavait au lavoir et faisait des ménages. C'était une femme travailleuse, mais qui ne voyait que le travail. Le travail fini, elle mangeait d'un appétit à peine distinct du sommeil. Je la vois encore assise lourdement sur sa chaise, tout au coin de la table, le pied de table creusant un sillon dans sa jupe. Je la regardais avec étonnement et aussi avec un peu d'effroi. A onze ans, je savais déjà comment mangent les pauvres.

Très douce avec Henriette, jamais elle ne s'occupait d'elle. Elle pensait qu'une fillette va à l'école et que lorsqu'elle a treize ans, on prend quelques précautions pour qu'elle ne tourne pas mal. Elle l'embrassait, mais ne savait pas lui parler. Cette femme, dont j'ai bien des fois éprouvé la bonté, avait fini par ne plus trouver ses mots que pour parler au lavoir. Je ne comprenais pas alors qu'on pût dire que madame Godillet était bavarde. J'ai compris plus tard combien était dramatique la vie de cette femme qui bavardait en tapant son linge comme un soldat crie en montant à l'assaut et qui le reste du temps, se réfugiait dans le silence, comme une bête au repos.

Henriette était libre. Elle sentait déjà sa force

dans la rue. J'avais un visage de gamin pâlot. On me criait : « Va-t'en à l'école, mauvaise graine... » Je comprends maintenant qu'on redoutait en moi déjà l'apache que peut devenir le gamin des rues. Mais déjà les hommes prévoyaient en elle le plaisir que bientôt elle saurait leur donner. Elle s'avançait au premier rang des rassemblements avec une audace tranquille. Si je hâtais le pas pour traverser la rue devant un fiacre, elle me retenait par le bras :

– Que tu es bête, il arrêtera bien.

Je l'ai vue une fois se poser, immobile et souriante, en plein milieu de la chaussée, comme une voiture derrière elle arrivait au trot. Elle resta ainsi jusqu'au moment où les naseaux du cheval touchèrent ses cheveux. Et comme le cocher tirait brusquement sur les rênes, elle alla au trottoir d'une démarche molle...

Je la grondai, je la suppliai de ne pas recommencer. Elle me dit :

– Tu m'ennuies... Va jouer au Luxembourg...

Je lui répondis :

– Tu as attendu le cheval... Mais tu n'aurais pas osé le regarder... Tu lui tournais le dos...

A quatorze ans, Henriette quitta sa mère, alla au bal de la Fauvette et changea de quartier. Elle fut arrêtée par la police et envoyée en correction. Je ne la revis qu'à sa majorité. Elle vint à moi, ardente et belle. Elle se souvenait de nos promenades et des livres que je lui racontais. Elle se souvenait de tout, sauf que nous avions été ensemble des enfants. Henriette n'avait qu'une méprisable mémoire.

Les premiers éléments de ma formation spirituelle furent cette boutique de marchand de vins et la rue. La rue et l'avenue, – tout un quartier qui tient à la fois du faubourg de misère et d'on ne sait quel faubourg d'idylle et de joie. Mais un autre élément s'y vint bientôt ajouter qui fut : l'Université.

Mon oncle Villeroi était professeur de physique à la Sorbonne. Il était le frère de ma mère. Mais du jour où elle se maria jusqu'au jour de sa mort, il ne la vit jamais qu'à l'insu de ma tante. Ma tante Marguerite Villeroi avait exigé qu'il rompît toute relation avec les bistros de l'avenue du Maine.

Mon oncle était très supérieur à l'homme remarquable ou au brave homme. Il pensait droit sur la vie et son caractère était ferme. De plus, il était, paraît-il, un physicien original. J'ai su plus tard qu'il ne lui manqua, pour atteindre à la grande célébrité, qu'un peu d'adresse et une âme moins dédaigneuse. Il négligea toujours de transformer en conclusions douteuses et claires les plus justes et les plus ingénieuses de ses expériences. Mais il était insensible aux détails de la vie. Il disait volontiers : « Je ne suis pas un héros de roman. » Il avait horreur de la fausse sentimentalité. Cela le conduisait à omettre des sentiments essentiels, sous prétexte qu'il ne faut pas les cultiver en esthète, et surtout à une véritable cécité morale, quand il jugeait ses proches. Il s'en remettait alors à l'usage et à la convention. Sa sensibilité aux idées était d'une richesse magnifique. Mais il se contentait pour la vie quotidienne d'une sensibilité décente.

Il avait accepté une fois pour toutes, afin d'être tranquille et de se conformer à une règle, que sa femme fût sa femme. Incapable de lutter jour à jour, il avait préféré céder d'un coup et sur tout. Incapable d'un sentiment bas, il ignorait la bassesse des autres. Et je crois bien que ma tante Marguerite lui faisait peur. Cela est assez difficile à expliquer. Ce n'était pas de sa femme qu'il avait peur, c'était de la femme. Et non pas de la femme telle que la représentent des livres d'amour, mais telle qu'il la voyait, irrésistible en sa trivialité dont rien ne peut venir à bout. Mon oncle avait l'impression d'une force naturelle. Il ne songeait pas plus à lutter contre les sentiments de sa femme qu'il n'eût pensé à modifier le cours des marées.

C'est ainsi que cet homme tendre et noble avait pu accepter de voir sa sœur clandestinement.

Cependant, après la mort de ma mère, ma tante avait consenti à ce que mon oncle s'occupât de moi. J'étais un bon élève à l'école primaire. J'obtins une bourse au lycée. Mon oncle surveilla mes études. A m'expliquer le sens que recouvrait, à la façon d'une poussière modelée sur un objet, l'enseignement de mes livres ou de mes maîtres, il mettait une ardente patience. On me donnait au lycée des formules cabalistiques. Il avait du génie pour y substituer la vie. Plusieurs fois par semaine, je passais une heure dans son cabinet ou nous nous promenions au Luxembourg. Je redoutais toujours de rencontrer une de mes anciennes compagnes de la rue de la Gaîté. Je devinais que mon oncle n'aurait pas compris qu'il était d'un autre monde.

Ma tante m'accueillait avec indulgence, je ne dis pas avec tendresse. Elle avait fini par parler à tout propos et à n'importe qui de son neveu. Elle espérait en « mes succès ». Déjà elle en était fière. N'ayant pas d'enfant, elle reportait sur moi tout ce qui chez elle pouvait ressembler à de la tendresse maternelle : elle me voyait descendant, à la distribution des prix, les marches de l'estrade, ayant été couronné par le préfet, le général ou le recteur. Il y avait pour ma tante trois sortes d'enfants : ceux qui ont des prix, ceux qui ont des nominations, ceux qui n'ont ni prix ni nominations. Elle n'avait de respect que pour l'argent et pour l'Université. L'instinct des insectes a des manifestations qui semblent miraculeuses. L'ammophile pique sa proie au niveau de tel ganglion nerveux, en un point où elle reste à sa disposition, paralysée, mais vivante. Il fallait à ma tante un égal instinct pour concilier, sans qu'aucune en souffrît, la vénération qu'elle avait pour l'argent et la vénération qu'elle avait pour l'Université. Elle les portait ensemble avec une prodigieuse adresse, comme une ménagère porte deux œufs dans un panier, sans les casser, malgré les heurts inévitables. Son esprit tenait une juste balance des salaires. Les appointements gagnés hors du professorat ne comptaient pour elle que s'ils dépassaient le traitement des maîtres secondaires ou supérieurs. A égalité, ils ne comptaient pas.

Boursier d'internat jusqu'à son entrée à l'École Normale, mon oncle, jusqu'à l'âge de vingt-cinq ans, n'avait connu de la vie que les jeudis et les dimanches. Nommé professeur dans une petite ville du Midi, il y avait épousé ma tante Marguerite, qui était la fille d'un marchand de vins en gros.

Un jour que j'avais dit à ma tante :

– Mon papa, il est aussi marchand de vins.

Elle m'avait répondu sévèrement :

– Les enfants doivent se taire, quand ils ne savent pas... Mon père n'a ni boutique ni magasin... Il a des chais... tu entends... des chais... Tu ne sais pas ce que c'est que des chais... Un chais n'est pas un magasin... Un chais... c'est... des magasins...

Je lui demandai :

– Est-ce qu'il y a des chais à Paris?...

Elle me répondit :

– Non... A Bercy il y a bien des entrepôts, mais il n'y a pas de chais...

Elle prononçait : chais, les deux lèvres en avant, la bouche grande ouverte. Elle me disait : « Tu n'as pas vu les chais », comme elle m'eût dit : « Petit, tu n'as pas vu la mer. »

Je fus jusqu'à la seconde un assez bon élève. Mais alors je fus perdu ou gagné par les cinémas et les bals. Le lycée, les visites assidues chez mon oncle m'avaient éloigné de mes compagnons et de mes compagnes de la rue. Je ne retrouvai pas mes compagnons qui tous, ouvriers d'usine, employés de bureau ou gouapes de quartier, s'étaient dispersés. Mais je retrouvai toutes mes compagnes. Bien peu travaillaient. Elles vivaient la plus glorieuse époque de leur existence, entre la sortie d'une maison de correction ou de préservation – ah! comme on les avait bien préservées! – et la noce de la femme adulte. Ni fillettes ni femmes, elles avaient désappris tout ce qui de la vie n'était pas la recherche du pain quotidien et de la joie immédiate. Elles étaient les reines insolentes et magnifiques de l'avenue du Maine. Ceux même qui les traitaient en public d'apprenties-traînées tâchaient de les aborder, dès qu'elles avaient franchi le coin de la rue Vercingétorix ou de la rue de Vanves.

Henriette Godillet me disait souvent :

– Je fais ce que je veux... Hier, j'ai fait quarante francs...

Deux années se passèrent ainsi. Mon application en classe diminua. A la fin de ma rhétorique, j'eus un bulletin détestable. Il y eut entre mon père et mon oncle une sorte de conseil de famille, auquel ma tante Marguerite daigna assister. Mon père conclut :

– Tu travailleras pour être professeur ou tu prendras la serviette et tu m'aideras au comptoir. Moi... toi... et un garçon... on pourra s'agrandir...

Je ne voulais être ni garçon de café ni professeur. Ma tante Marguerite me tint un long discours :

– Tu seras professeur... Tu débuteras à 3 600.

Ah non... Elle me disait déjà ça quand j'avais neuf ans.

Je lui ai répondu :

– La barbe...

Et beaucoup d'autres choses... que je détestais les femmes des professeurs, que je ne voulais pas être professeur, parce que si je me mariais, ma femme serait une femme de professeur...

Ma tante me répondit :

– Tu préfères te promener avec des filles... Je t'ai vu...

Elle avait un accent étonnant pour dire le mot : des filles..., un accent de vieille actrice de tournée...

Je lui répondis :

– Si tu m'as vu, c'est que tu m'espionnes... J'aime les filles, moi... Elles sont moins embêtantes que tes amies...

Il y avait chez moi cet invincible besoin d'idéalisme et de généralisation qu'ont les jeunes gens. Je lui déclarai que les filles valaient mieux que les filles de marchands de vins. Et dans un cri qui devait rendre définitive notre rupture, je lui jetai à la face :

– J'ai dix-sept ans. Je sais ce que c'est qu'un chais. C'est un hangar... un sale hangar... Les chiffonniers ont des chais...

Cependant l'année de philosophie nous rapprocha. J'y fus un brillant élève. Et, aujourd'hui encore, je ne crois pas y avoir perdu mon temps. Ce qu'il y a de logique dans la spéculation philosophique la rend plus accessible aux jeunes gens que les œuvres littéraires. Les plus beaux poèmes n'ont qu'une valeur de sonorité pour qui n'a pas encore expérimenté la vie.

Mais après il fallut choisir une carrière. Par malheur, ce fut avec Henriette Godillet que j'étudiai ce choix. Elle me proposa simplement de me mettre avec elle.

Je refusais.

Elle insista :

– Tu seras comme un coq en pâte...

Quand je pensais à la morale de ma tante, j'avais envie d'accepter. Il y avait dans celle de mon oncle de quoi me faire hésiter.

Mais les vacances passées, comme je me refusais à préparer l'École Normale, ma tante réussit à me brouiller avec mon oncle et avec mon père. Et les derniers mots qu'elle me dit furent :

– Tu n'es bon qu'à servir au comptoir...

Je ne servis pas au comptoir.

En deux jours, j'épuisai cinquante francs d'économies au bal de la Fauvette et dans une promenade à Clamart avec Henriette Godillet et deux de ses amies.

Le troisième jour, je me trouvai dans Paris sans un sou dans ma poche et sans domicile...

Par l'intermédiaire de l'agence de l'enseignement libre, je trouvai une place à l'Institution Victor-Cousin, à Asnières. J'y exerçais les fonctions de maître d'études et j'y enseignais le latin, le grec, le français, l'histoire, la géographie et l'arithmétique. J'étais de dortoir un soir sur deux. J'étais nourri et logé et je touchais soixante francs d'appointement par mois, dont je devais verser un tiers à l'agence pendant les deux premiers mois. Le directeur, licencié ès lettres, officier d'Académie, avait une belle barbe bouclée et se grisait. Quand il était saoul, il inspectait les classes. Mes collègues étaient trois vieillards résignés à tout, deux jeunes gens dont l'un espérait une place de comptable et dont l'autre attendait, pour donner sa démission, que sa maîtresse sortît de Saint-Lazare, où l'avait conduite le mépris des règlements sanitaires. Les élèves étaient tous internes. Quelques-uns avaient des parents, mais qui habitaient les colonies. Les autres avaient une mère, mais pas de père. Leurs mères quand elles venaient les visiter au parloir, sentaient bon, mais trop fort.

L'école possédait une fanfare, une sorte de fanfare muette. Des pistons et des trombones étaient exposés au parloir, mais les élèves n'en jouaient jamais.

Je ne fus pas malheureux. Je gagnais ma vie. Il n'y avait pas six mois que j'avais chahuté mon dernier pion. La première fois que j'entrai en étude, j'en avais un peu de remords. L'expérience me l'ôta. Les élèves ne s'occupèrent pas plus de moi que je ne m'occupais d'eux. Je compris que c'étaient les pions qui avaient tort. S'ils n'étaient pas des chiens de garde, les enfants ne songeraient pas à les exciter.

Les trois garçons de réfectoire et de dortoir se chargeaient de la police générale et de l'espionnage. Ils étaient tout-puissants. Les maîtres passaient. Eux restaient en place. J'ai entendu le chef des garçons dire au réfectoire à l'un des professeurs, qui se plaignait que la table n'eût pas été nettoyée :

– Si tu continues, je te mettrai mon pied au derrière...

Le troisième mois, je fus renvoyé, parce que je n'avais pas dénoncé deux grands qui fumaient au dortoir.

Je louai un cabinet dans un hôtel meublé de la rue Lepic. J'aurais pu me loger dans le quartier de la Gaîté. Mais j'avais, en choisissant Montmartre, le sentiment d'un jeune provincial qui décide de tenter la gloire à Paris. Mon cabinet meublé recevait un peu d'air d'un couloir. Et par ce hasard, que l'un des carreaux de sa porte vitrée était brisé. Le couloir s'aérait lui-même sur une courette gluante, boyau commun à quatre immeubles. Je payai d'avance la location d'une quinzaine.

Pendant huit jours, mes repas se composaient alternativement de deux sous de pain et deux sous de cervelas, deux sous de pain et deux sous de pâté de foie, deux sous de pain et deux sous de frites. Le huitième jour, je n'avais plus un sou. J'attendis patiemment que vînt le neuvième jour. Il vint. J'avais faim. Les premiers tiraillements de la faim sont désagréables, tout simplement, mais à peine douloureux. Le premier jour, l'estomac est préoccupé. La faim reste localisée. Ce n'est pas la faim, la vraie faim, qui creuse tout un homme, l'esprit comme le corps. Le second jour, on pense à des repas possibles, comme un petit employé pense à ses vacances. A peine a-t-on quelques vertiges. On n'a pas encore le vertige. Le troisième jour, on est saoul. Mes jambes allaient comme des ailes. Je ne sentais pas le trottoir. Une seule pensée remplissait mon esprit : manger, manger n'importe quoi. L'aliment devient une chose merveilleuse. J'y pense comme un naufragé pense à la terre, comme une idée pèse dans le cerveau d'un fou. L'idée de l'aliment est en moi. L'idée seulement. Derrière le creux de ma poitrine, il me semble qu'il y a le vide, le vide comme on le contemple du haut d'un précipice.

Je me présentai comme figurant au théâtre des Batignolles, au théâtre Moncey, au théâtre de Belleville et au théâtre des Gobelins. Dans la même journée. Il pleuvait. On n'avait pas besoin de figurant. Je n'allai pas au théâtre Montparnasse. On ne revient pas au village, avant d'avoir trouvé son pain.

Je retournai à l'agence de l'enseignement libre. On m'indiqua une place à Bois-Colombes. C'était le quatrième jour sans pain. J'allai à Bois-Colombes à pied. La place venait d'être prise. Je revins à Paris, à pied.

Avenue de Clichy, je rencontrai une côtelette panée. C'était à l'éventaire en gradins d'une grande épicerie, qui vendait aussi des produits de charcuterie. Dix ans ont passé. Je vois encore cette côtelette panée. Je la distinguai, comme on reconnaît un ami dans une foule. Je n'eus aucune envie des boîtes de thon ou de sardines, nourriture cachée à l'usage des gens qui peuvent attendre, et qui d'ailleurs s'étageaient en architecture déjà lointaine, au dernier gradin de l'éventaire. Mais la côtelette panée restait seule sur une assiette au second gradin. Elle eût été au premier gradin qu'il eût fallu pour la prendre le mouvement d'incliner mon corps et de le redresser. Mais elle était au second gradin, à la hauteur même de ma main pendante. L'acte de la saisir prolongeait et terminait naturellement le balancement distrait de mon bras droit. Je regardais la côtelette panée, comme un adolescent, en faction devant la porte des coulisses, contemple une actrice qui sort du théâtre. Devant moi, il n'y avait que la côtelette panée. Derrière moi, c'était les passants de l'avenue de Clichy, les passants anonymes, que l'affamé ne distingue pas plus qu'on ne distingue les gouttes d'eau d'un fleuve. A la porte de l'épicerie, à ma droite, un garçon sortit, accompagnant une cliente à l'étalage. Tous deux, manipulant déjà des victuailles, me tournaient le dos. Dans l'embrasure de la porte, personne. C'était le moment.

Dans mon bras brusquement immobile et raidi, je sentais comme un dessin du mouvement à accomplir. Ainsi un paresseux, somnolent le matin, a pendant de longues minutes l'illusion de sauter à bas de son lit.

Si pourtant j'étais vu? On me traînera au poste.

L'avenue de Clichy arrêtera son double courant. Un tourbillon de passants se formera autour de moi. Scène odieuse, ou non moins odieuse la pitié de l'épicier refusant de porter plainte : Allez et ne péchez plus...

Déclarons la guerre à la société... Oui... en volant une côtelette panée. C'est lui déclarer la guerre en s'avouant vaincu.

Mes jambes sont vacillantes. Je n'ai pas pris la côtelette, j'ai marché jusqu'à la place Clichy, mais j'emporte en moi, à jamais, l'image de cette côtelette.

Je rentre dans mon cabinet meublé et je m'étends sur mon lit, entre sept heures et huit heures et demie. La ville dîne. Quand la ville a fini de dîner, je sors, rempli d'une espérance immense. Je discute en moi-même, opposant les uns aux autres des arguments abstraits, cette question : « Est-il vrai qu'on ne meurt pas de faim ? » J'éprouve une certaine joie à me prouver la liberté de mon esprit, en refusant de tenir compte de mon cas particulier. Mais a-t-on le droit de négliger un cas particulier ? Est-ce de bonne méthode ? La méthode, tout est là... Nom de Dieu, que j'ai faim !... Je passe devant le Moulin-Rouge. Et si je tombe dans la rue d'inanition ? Le sergent de ville, qui en a vu d'autres : « Où habitez-vous ?... » C'est aussi odieux que d'être pris en flagrant délit de vol à l'étalage, ou que de subir la pitié de l'épicier en gros... Je pense aussi aux miséreux de Whitechapel... Suis-je le frère des malheureux de Whitechapel ?... Un personnage en habit noir descent d'une automobile, accompagné d'une femme en toilette de bal. Serai-je un jour, après beaucoup de gloire, semblable à cet homme ? Ou suis-je à tout jamais le frère des miséreux de Whithechapel. Le groom m'écarte. Larbin...

Je me souviens que j'ai entendu un physiologiste affirmer, à la fin d'un bon dîner, qu'il faut trois semaines pour qu'un homme meure de faim, dans de bonnes conditions expérimentales. Toute la question est de savoir si je suis dans de bonnes conditions expérimentales.

Je pense aussi aux pièces de cinquante centimes qui glissent parfois dans la doublure d'une poche. Je tâte toutes mes poches, celle de mon gilet où j'ai l'habitude de mettre mon argent, et les autres aussi où je n'en mets jamais. Les ai-je assez tâtées, mes poches, depuis ces quatre jours... ! Je devrais pourtant m'être fait une certitude... Mes doigts rencontrent à nouveau ma montre d'acier qu'on m'a déjà refusée dans trois monts-de-piété. Boulevard des Batignolles, je passe devant l'étroite boutique d'un bijoutier. Il va « fermer ». C'est un petit vieux à barbiche blanche. Il porte une blouse noire. Je lui propose d'acheter ma montre :

– Oh, non... pas ces montres-là... On ne peut même pas les réparer.

Je suis droit devant lui. Je sens mes jambes, comme un support unique, piqué au plancher de la boutique. Les montres et les bijoux d'occasion, dans la devanture, ont un balancement lent et régulier sous le bec Auer. Le petit vieux me dit :

– Ça nous est défendu de prêter sur gage. Seulement, si vous voulez, je pourrais... tout de même... vous prêter deux francs... Je vous la rendrai quand vous aurez de l'argent... Mais sans bénéfices.

Pourquoi ai-je eu la bassesse de lui dire que j'attendais de l'argent sous peu ?... Ce n'est plus de faim, c'est de honte que je tremble.

Mais les minutes suivantes furent plus belles. Le petit vieux et moi, nous échangeons des mots si simples, à mi-voix. Il me dit :

– Il y a de la misère partout...

Deux francs!... Un jeune homme ne sait pas gérer un capital. J'entre dans un restaurant, j'étudie la carte. Je mange pour trente-quatre sous. Je laisse les six sous au garçon.

Je retourne à mon cabinet meublé, où je vomis. Et le lendemain, le patron me donne congé, parce qu'il ne veut pas de poivrots comme clients.

Quand les agents me réveillent sur le banc où je dors, je fais semblant d'être un noctambule assoupi, qui s'est reposé en rentrant du Cercle.

J'ai vécu six mois. Comment? Est-ce qu'on se souvient? J'ai vendu un pantalon, une paire de ciseaux. J'ai retrouvé un timbre neuf, en échange duquel un marchand m'a donné des marrons. J'ai surveillé aux Halles les chevaux des maraîchers, pour une soupe. J'ai déchargé des paniers jusqu'au matin.

Un jour, j'ai rencontré un ami de lycée. Je lui ai avoué que « ça n'allait pas très fort ». Il m'a adressé au docteur Daguteau.

– Tu verras, il te tirera d'affaire. Il connaît tout Paris et c'est un cœur d'or.

Je suis allé chez Daguteau. J'ai attendu une heure et demie, bien qu'il n'y eût pas de malades. Daguteau, ouvrant la porte de son cabinet, a eu, pour m'inviter à entrer, un geste de pédicure forain attirant son sujet. C'est un petit homme d'une cinquantaine d'années, gros et noir, aux paupières blettes, aux yeux jaunes.

Je ne sais rien de Daguteau, sinon qu'il connaît tout Paris. Je saurai plus tard qu'il n'a pas de clients, qu'il a épousé une paysanne riche, dont la dot lui a permis de s'installer, qu'il a fait sa médecine dans les cafés du Quartier latin et dans les tripots, et qu'il écrit dans les journaux quotidiens et dans les revues pharmaceutiques sur les « à-côtés » de la médecine et même sur des sujets de médecine qu'il étudie dans le *Larousse.*

Je n'étais pas assis que déjà il me protégeait. Il avait l'instinct de la protection comme le tigre est carnivore, comme le chien est coprophage. En me regardant, il avait l'air d'une bête qui renifle sa proie. Plus précisément, d'un chat qui joue avec une souris. Il n'en vint pas tout de suite à la protection. Il retarda, pour le raffiner, son plaisir. Tout d'abord, sans le regard de sadique jouissance qu'il portait tour à tour sur mes vêtements élimés et verdis, sur mes souliers éculés et béants, sur mon chapeau troué, j'aurais pu croire qu'il pensait à tout autre chose qu'à me protéger. Il me parla du matérialisme et du spiritualisme. Je fis tous mes efforts à poser subtilement les problèmes. Très sincèrement d'abord, subissant cette passion d'idéologie à laquelle les jeunes gens n'échappent pas. Moins ardemment ensuite, et seulement pour être indulgent à sa manie. Bientôt, je m'ennuyai comme à un examen et, si je ne détournai pas brutalement la conversation, ce fut pour n'avoir pas l'air d'un solliciteur indigne. Daguteau raisonnait comme un répétiteur de boîte à bachot. Et de temps en temps, il s'interrompait pour me dire :

– Je suis très occupé... C'est effrayant... Plus une minute à moi... Mais je suis heureux, bien heureux de pouvoir causer avec vous. Cela me change... cela me change... Ah! la médecine!... Et les clients!...

Déjà je devinai qu'il n'en avait pas.

Il me montra sa collection; une ignoble copie d'un primitif italien, trois ivoires chinois, un vieux poignard ciselé, une fausse faïence persane. Les bibelots étaient enfermés dans une vitrine dorée. Le tableau dominait un canapé-pouf « de style oriental ». Le docteur Daguteau me parla de peinture :

– Ma foi... l'impressionnisme... je ne suis pas hostile à l'impressionnisme... Mais le dessin... le dessin avant tout... Les lois du dessin sont imprescriptibles.

Et d'un coup, comme un chat qui donne un dernier coup de patte à une souris qu'il a lentement tuée, la rejoint d'un bond et s'accroupit pour la manger, il me dit :

– Une situation... mais on vous trouvera ça... Ne vous inquiétez pas... D'ailleurs la purée... ce n'est rien. J'ai connu ça... moi... au Quartier latin... Ah! si j'avais autant de louis dans ma poche que j'ai fait de fois l'amour rue Monge et rue des Écoles... mais je serais millionnaire, mon cher ami... Vous m'entendez, mon cher ami... D'ailleurs il n'y a de souffrance que la souffrance d'amour... Souffrir de la faim ce n'est rien... Souffrir par une femme... voilà qui est atroce... C'est pour ça que je me fous des ouvriers... et des pauvres... Mais j'aime les artistes... Je suis un sentimental... moi... Et pourtant j'ai été à rude école... l'hôpital... Voilà qui vous intéresserait, l'hôpital... Voilà qui vous apprend la vie...

Il m'énuméra plusieurs situations possibles. Il connaissait intimement tous les ministres, tous les directeurs de journaux, tous les écrivains célèbres.

– Un bon secrétariat... je vous trouverai un bon petit secrétariat... tenez... allez donc trouver de ma part mon ami Dalize. Il a une clinique de rayons X à Montrouge... Il pourra peut-être vous utiliser pour des recherches de bibliothèque... Revenez me voir demain... Si ça n'a pas marché, je vous trouverai autre chose... Je vais réfléchir.

Je le remerciai. Comme je prenais congé, une lueur de joie traversa ses yeux :

– Voulez-vous me rendre un petit service?... me dit-il.

Je balbutiai :

– Je suis déjà votre obligé...

Il me tendit une lettre.

– Voulez-vous la mettre à la poste et la recommander? Je ne puis sortir aujourd'hui... Et je ne veux pas que ma femme ou mon domestique en voient l'adresse. C'est pour une dame,... oui, pour une dame... Hé... mon garçon...

On eût dit qu'il plaisantait sur ses bonnes fortunes un personnage invisible.

Je pris la lettre. Il me tendit une pièce de vingt sous.

– C'est que... lui dis-je, c'est que... je n'ai pas de monnaie sur moi...

Son visage fripé fut tendu par la joie. Il s'écria :

– Mais trop heureux de vous obliger... Vous plaisantez... Vous garderez les treize sous... Pour me faire plaisir... J'aurais scrupule à ne pas vous rétribuer... je connais la vie... moi... je connais la vie...

Je m'avançais vers lui. J'étais prêt à l'étrangler.

Il eut peur.

Mais mes jambes faiblirent. Et une pensée traversa mon esprit : une pensée qui fut plus forte sur mon esprit que la faim ne l'était sur mon corps : « Je n'ai pas mangé... » J'avais assez de force dans mes bras pour tuer Daguteau ou le corriger. Mais je fus pris d'une humiliante hésitation. J'eus le sentiment d'une sorte d'indignité et que cet affront était mérité.

Daguteau avait profité de ma faiblesse. Il m'entourait maintenant le cou d'un bras, et de l'autre il me frappait cordialement sur l'épaule :

– Pour me faire plaisir... pour me faire plaisir... Traitez-moi comme un vieux camarade... je vous en prie...

Le lendemain, j'allai quand même chez l'ami de Daguteau. Sans doute, je manquai de dignité. Mais j'étais à bout de forces. Et je trouvai de bonnes raisons : « C'est une adresse que le hasard a mise sur mon chemin... Un autre que lui aurait pu me la donner. »

Le docteur Dalize se composait d'une barbe noire et d'un lorgnon. Il me proposa des recherches dans des traités de physique. Je ne savais pas un mot de physique. Je pris congé de lui, avec l'air dégagé du solliciteur à bout d'espoir et qui n'avoue pas. Je me vois encore dans le cabinet encombré d'appareils, souriant d'un sourire contraint. Toute mon attitude signifiait : « Mais cela n'a pas d'importance... cela n'a aucune importance... Je n'étais venu que par acquit de conscience... pour me distraire... »

Déjà je descendais les marches de l'escalier, quand, derrière moi, la porte du palier s'ouvrit. Et une voix m'appela :

– Monsieur... Monsieur...

C'était la bonne de la clinique, une vieille femme édentée, au ventre bombant, aux yeux sombres et brillants, comme passés au cirage et frottés à la brosse à reluire.

– Entrez... entrez..., me dit-elle, avec un vif accent méridional.

Elle me conduisit dans une pièce obscure qui servait de cabinet de débarras et où, entre deux malades qu'elle introduisait, elle s'occupait à des travaux de couture.

Ses paroles étaient accompagnées de petits mouvements saccadés de l'avant-bras et d'un perpétuel clignement d'yeux. Elle me dit :

– Je sais... je sais... j'ai entendu... Vous ne pouvez pas faire le travail du docteur. Mais moi, j'en ai pour vous, du travail. Une de mes amies, qui est somnambule, a besoin d'un bon prospectus... une petite brochure... pour distribuer dans la rue... Est-ce que vous sauriez faire ça?... Et ce n'est pas une somnambule, comme y en a... C'est une femme sérieuse... Elle fait *l'hypnotisme*... si vous voulez... et le marc de café pour les bonnes femmes... enfin tout...

Je pris la carte de la somnambule.

MADAME EKATERINODAR DE LIORKA
Diplômée des sciences occultes.
La plus célèbre des voyantes. Tarots. Télépathie.
Marc de café. Magnétisme. Graphologie.
Passé. Présent. Avenir.
Consulte par correspondance.

Cette cartomancienne fut le meilleur de mes patrons. Je rédigeai pour elle une brochure de vingt pages sur l'occultisme, les rapports de la science et du mystère, et sur l'art de connaître et de vaincre la destinée. C'était d'ailleurs une excellente femme, qui donnait à ses clients les plus raisonnables conseils.

A quelque temps de là un libraire des environs de la Sorbonne me confia le soin de rédiger les « corrigés » du baccalauréat. J'arrivais le matin à huit heures, je m'installais dans son arrière-boutique. J'assistais, le ventre vide, au petit déjeuner de sa femme tandis que lui s'en allait rôder dans les couloirs de la Sorbonne, et obtenait d'un appariteur, moyennant pourboire, les sujets des compositions. Rapidement, à coups de dictionnaire, je traduisais les versions et je développais en trois points la matière proposée pour la dissertation française. Puis il passait mon « corrigé » à l'autocopiste. Et les candidats, vers dix heures, en venaient, moyennant dix centimes, acheter un exemplaire. Le jour de la version grecque, quelques candidats murmuraient sur le pas de la porte. Il paraît que j'avais fait des contresens.

Le libraire ferma boutique, fit faillite et ne me paya pas.

Je rédigeai des articles pour une revue de publicité. Je fus secrétaire de rédaction d'un journal d'alimentation. Je gagnais de quoi vivre deux jours, huit jours, quelquefois quinze... Et chaque fois, il fallait franchir les intervalles sans besogne et sans pain, où l'on ne sait pas s'il faut aller chercher du travail ou se coucher, pour faire durer un jour de plus les souliers qui se coupent ou qui bâillent.

Puis je fus journaliste pour de bon. J'interviewai des assassins, des victimes, des grues, des escrocs, – ce qui m'était égal – des acteurs et des hommes de lettres – ce qui me répugnait...

Une année j'interviewai tant d'assassins que je pus aller passer un mois de vacances au bord de la mer.

Ce fut après avoir piqué du haut d'un rocher que je sentis l'eau pénétrer dans mon oreille. Ce fut si violent qu'il me sembla qu'un projectile avait été tiré, passait violemment dans l'oreille et s'arrêtait au beau milieu de ma tête. Je continuai à nager. La douleur se calma. Mais lorsque je sortis de l'eau, je crus qu'une moitié de ma tête était enflée. Le surlendemain, j'avais une otite. Je ne souffrais pas. Mais mon oreille bourdonnait et suppurait et j'avais de la fièvre.

Comme toutes les chambres de l'auberge étaient prises, on m'avait trouvé chez un pêcheur une chambre blanchie à la chaux, qui donnait sur un jardinet de sable clair, un de ces jardinets de pêcheur qui semblent dessinés par des enfants dans le sable d'une plage. Il y a là quelques plantes pauvres, mal fleuries. Et partout des débris de coquillages et des morceaux de filet.

Je me couchai dans la journée et ne me levai pas pour le dîner. Je dormis d'un sommeil très lourd. Mon corps pesait au matelas. Quand je me réveillai, il faisait nuit déjà. Je regrettai cette journée vide. Je n'avais pas vu la mer, le port ni les bateaux, ni cette monotone plaine d'ajoncs et de bruyères, douce et triste, qui va de Loguivy aux étroits chemins, bordés de chênes taillés, qui descendent à d'autres villages. Je n'avais pas vu non plus Angéline la servante de l'auberge, qui porte la coiffe aux ailes de libellule. J'aime le visage ferme et les yeux clairs d'Angéline. Son visage de jeune femme gothique semble d'une seule masse et des sensations trop agiles ne lui ont pas donné le dessin facile et calligraphié qu'on trouve aux visages des jolies femmes dans les villes. Le visage d'Angéline est sérieux et, même quand elle sourit, elle ne se livre pas tout entière dans un sourire. Je ne suis pas amoureux d'Angéline. Je ne suis pas un commis voyageur. Je suis même avec elle d'une réserve si excessive que je finis par croire que j'ai un sentiment profond à lui cacher.

Je n'ai pas pris un de ces bains violents, où j'ai l'illusion de lutter avec la mer, comme avec un bel animal. Je n'ai pas flâné sur la terrasse de l'auberge, que la mer vient battre à marée haute et qui domine la crique du port, vaseux à marée basse. Je n'ai pas regardé les troupeaux de canards, que souvent un goéland accompagne, mais en tenant ses distances, comme un lord égaré dans une caravane Cook. Je n'ai pas vu sur la terrasse, à l'heure du dessert de tristes biscuits secs, la belle Grecque, qui dîne avec un monsieur chauve en chandail blanc, allumer une cigarette... sans me regarder.

Je ne suis pas inquiet. Ma santé est solide. Si la maladie vient pour de bon, nous serons deux. Mais je suis trop malade pour rester à Loguivy. Il faut revenir à Paris. Et c'est cela qui m'attriste. C'est l'autre vie qui va commencer, la vie que je connais, que j'endosse chaque matin comme un vieux vêtement.

Ici je ne lis même pas un journal. A Paris, je lis les journaux, parce que je répugne à m'évader lâchement du souci des hommes. Et puis, les journaux me démontrent ma propre existence. Si je doute trop de moi-même, je me retrouve un peu moi-même dans la colère quotidienne que les journaux me donnent. Je ne puis pas encore apercevoir sans dégoût cette transformation mécanique des pensées basses en grandes pensées. Et puis, il y a les journaux littéraires où l'on se congratule. La complicité des marchands de lignes me fait toujours penser, je ne sais pourquoi, à la complicité des marchands de viande. Les hommes de lettres, qui guettent dans les salles de rédaction, le classicisme et le patriotisme, s'accueillent entre eux comme les traitants qui attendent les jeunes voyageuses dans les gares.

Un char à bancs, conduit par une paysanne, me mène à la gare de Paimpol. La fièvre, la chaleur, les cahots, la poussière de la route sont une même sensation.

Il me semble que de la terrasse de Loguivy j'ai été transporté directement à Paris, dans mon lit.

J'avais tort de redouter des soucis de travail ou d'argent. Je suis dans mon lit, tout naturellement, je ne me demande pas si je « m'écoute ». Je me suis couché, comme se couchent les animaux malades. Je suis à l'abri. Comme un soldat reconnu malade, je ne crains plus rien de la vie. Je renonce au travail quotidien, aussi simplement que j'y renonçais quand j'étais au bord de la mer. Pourtant j'ai reçu ce matin une proposition très intéressante, inespérée même. En temps ordinaire, je n'aurais pas hésité une seconde. J'aurais répondu : J'accepte, j'accepte avec joie, j'accepte pour vous et pour moi... Enfin j'aurais trouvé une formule éclatante et brève. J'aurais même trouvé, au fond d'une boîte, une feuille de papier à lettres, de vrai papier à lettres ou bien j'aurais pris la feuille blanche d'un faire-part de mariage et je l'aurais pliée, puis rognée à ses bords libres. Une occasion inespérée (et pourtant il m'est tout à fait égal qu'elle m'échappe). Voici d'ailleurs la lettre que m'adressait Lina Montalina, cette actrice qui, depuis dix ans, débute tous les deux ans sous un nom nouveau :

« Mon cher ami,

« Je ne sais si cette lettre vous arrivera en temps voulu. Et pourtant j'aurais le plus grand désir de vous voir. Voici ce dont il s'agit : je dois faire à la rentrée une conférence sur la Bucolique en Grèce et la Bucolique en France. C'est moi-même qui ai choisi le sujet. Je lirai des vers de Théocrite et d'autres poètes grecs (je n'ai pas sous la main d'histoire de la littérature grecque), mais je crois que c'est Bion et Moschus. Il faut absolument que la traduction soit de moi. Vous connaissez l'interview que j'ai donnée à *Comœdia*, il y a une dizaine de jours : "Mademoiselle Lina Montalina n'a pas seulement le goût des sports et de la peinture moderne. C'est une érudite qui en remontrerait à plus d'un savant de Sorbonne. Elle lit, dans leur texte, tous les auteurs latins et grecs." D'ailleurs, reportez-vous au numéro (11 août dernier). Voulez-vous, mon cher ami, me faire une traduction en vers de cinq ou six pièces de poésie grecque...? Quelque chose avec un pâtre, un flûtiau, passages de douceur... et le grand Pan pour les effets de voix. Pour les poètes français, je m'arrangerai toujours, Ronsard, Rostand, Francis Jammes, et puis un ou deux de ces jeunes gens qui travaillent pour les théâtres de verdure et que nous voyons dans les salons, quand nous allons y dire des vers. Enfin, je compte aussi sur vous pour ma conférence. On en donnera des extraits dans le *Figaro*, le *Gil Blas*, etc. Vous voyez ce qu'il faut. Vous seul pourrez me rendre ce service : vous êtes un vrai ami et vous êtes parisien jusqu'au bout des ongles. Pour la péroraison, je vous demanderai (oh! ce n'est pas un conseil, vous savez ce que vous avez à faire) un parallèle entre l'hellénisme et le parisianisme. Il faudrait montrer que les héroïnes de l'églogue (pour les termes églogue, bucolique, Paul a chez lui l'*Encyclopédie universelle*) sont déjà, par la grâce et par l'esprit, des Parisiennes. N'oubliez pas quelques mots sur la culture grecque et la culture française : le public sera très chic. Je vais faire acheter des traductions par ma femme de chambre... Voulez-vous que je vous les fasse porter?... Ou plutôt venez donc dîner avec moi, ce soir, demain, quand vous pourrez. J'attends un pneumatique, je vous attends.

« Mes mains dans les vôtres.

« LINA MONTALINA.

« P.-S. – Paul a des relations vraiment bien dans les journaux (gros actionnaire). Nous causerons de cela. »

Je ne réponds même pas à Lina Montalina. Je ne lui écris même pas que je suis malade. Elle viendrait me voir. Je n'ai pas envie qu'elle vienne. Je n'ai pas envie de parler d'affaires. Je suis décidément assez malade pour faire un choix dans mes relations. Je parcours quelques livres et je somnole.

Vers six heures du soir, je souffre abominablement dans toute une moitié de la tête. La douleur est arrivée comme un cheval au galop. Elle s'est installée et tourne dans ma tête comme dans un manège. Je souffre tellement que je ne puis rester dans mon lit. Je mets des pantoufles et, en chemise, je vais de ma fenêtre à ma porte, en me tenant la tête. Je marche ainsi une partie de la nuit. Parfois je m'étends sur mon lit et je presse ma tête contre l'oreiller, comme si je pensais écraser le mal. Quand arrive le petit matin, je m'habille et je descends dans la rue. J'ai trop mal. J'ai envie de raconter ma nuit au cocher de fiacre en station, assoupi sur son siège, à l'agent qui sort du kiosque. J'ai trop mal. Il me semble que c'est un événement. Cependant, les chiffonniers ne font aucune attention à moi. Je vais rôder devant la porte fermée de l'hôpital Cochin. Je pense à réveiller l'interne de garde. C'est trop compliqué. Je rentre chez moi.

La douleur se calme. Je m'assoupis. Ma femme de ménage, madame Tangue, m'apporte du lait, m'exhorte à me nourrir et m'affirme que tout mon mal vient d'un courant d'air. Elle parle interminablement. Elle est impitoyable à me consoler. Sa nièce a eu la même maladie. Elle-même a eu des coliques *énéphrétiques.* J'ai beau essayer de ne pas l'entendre : il me semble que la vie humaine est remplie d'événements innombrables. Elle me dit aussi :

– Je sais ce que c'est que les malades... Ce n'est pas moi qui fatiguerais un malade à lui raconter des histoires... Les malades... ça a besoin de calme.

Elle tient beaucoup à cette idée. Elle la tourne, la retourne, la répète, en déduit des conclusions, l'appuie d'anecdotes. J'entends vaguement :

– Le médecin avait dit de ne pas lui parler... La mère était une femme sans instruction. A minuit, la petite fille était morte...

Je ne suis pas ému... je ne suis même pas agacé...

Il me semble que tout ce qui se passe sur la terre n'a d'autre but que d'être raconté par ma femme de ménage. Quand elle se taira, le monde cessera. Je ne sais pas l'instant où elle finit de parler. Je m'endors.

Je dors des heures. On frappe à ma porte. La clef est dehors. Je crie : « Entrez ». C'est une jeune femme. Elle s'est trompée de porte. Elle croyait frapper à la porte de l'atelier (il y a un peintre dans la maison). Elle venait se proposer comme modèle. Elle a des petites dents de rongeur. Elle parle d'une voix enfantine et semble grignoter les mots. Elle a pitié de moi. Je lui raconte que j'ai souffert toute la nuit d'une voix un peu dolente, mais que je veux stoïque. Si on faisait du thé... La théière est sur la table. Il y a aussi une boîte de biscuits anglais. Elle va chercher de l'eau pour remplir la bouilloire. Elle allume la lampe à alcool. Elle trouve des tasses dans l'armoire. La voici déjà amie et garde-malade. Elle me dit qu'elle a eu la fièvre typhoïde, qu'elle a été à l'hôpital... Une lancée dans l'oreille me fait souvenir que c'est moi qui suis malade. Je fais une grimace contractée. Alors elle pose ses mains sur mon front. Je ferme les yeux. Elle me caresse le visage très doucement avec ses mains. Je lui dis :

– C'est délicieux d'être malade...

Si j'avais été bien portant, je n'aurais pas su la retenir. Elle n'aurait pas été plus loin que la porte entrebâillée. Elle serait repartie en s'excusant. Et elle est là maintenant, comme une amie apprivoisée et toute neuve.

Elle parle, comme un écureuil tourne dans sa cage. Elle me dit qu'elle pose depuis deux ans, qu'elle a de jolis seins et de jolies jambes.

– C'est dommage que j'aie une sale gueule, ajoute-t-elle.

Ce n'est pas vrai. Son visage grave et fin, est tantôt remué de sourires, tantôt tendu d'une excessive et charmante gravité.

– Vous n'avez pas d'amie? me demande-t-elle.

Je réponds très vite au hasard, mais comme on confesse un malheur immérité :

– Non.

– Et qui vous apporte à manger?

Sur un ton de hautaine résignation, je réponds :

– Ma femme de ménage.

Je commence à aimer ma maladie. Je lui dois cette pitié imprévue et légère. Je dormais. Elle est venue. C'est aussi joli qu'un conte de fées.

Ses mains glissent entre les tasses, dans le sucrier, autour de la théière, avec cette souplesse adroite d'un chat qui se promène sur une table servie. Tous ses mouvements sont pour le malade inconnu; toutes ses pensées, pour le consoler.

Très simplement, charitable et chaste, elle me dit :

– Vous devez vous ennuyer... Voulez-vous que je me déshabille... Cela vous distraira... Voulez-vous?...

Elle a déjà les mains derrière son corsage. Elle est au milieu de la chambre, prête, sa jupe tombée, à la franchir et à dresser son corps complaisamment à mes regards.

Je refuse. Je ne suis ni assez malade, ni assez peintre pour accepter avec la pureté, qui seule ferait mon consentement digne de son offre. Et si madame Tangue entrait! Que penserait-elle? Elle dirait : « Ce n'est pas étonnant qu'il soit malade. » Et si le docteur Lormont, auquel j'ai écrit, frappait à la porte! Comment lui expliquer? Ou bien ne rien dire et lui laisser croire qu'il y a toujours chez moi, pour le plaisir des yeux, une femme nue...

Vers midi elle me quitte. Je lui ai fait promettre de venir dîner avec moi, quand je serai guéri. Elle doit aussi venir me voir le lendemain. Elle écrit son nom et son adresse sur une feuille de papier, qui traîne sur ma table et qu'elle glisse dans le tiroir après me l'avoir montrée :

GERMAINE DOLABEL
19, rue Linné.

Toute la nuit, je souffre atrocement. C'est beaucoup plus violent, mais aussi bête qu'une rage de dents. Pendant mon accalmie, je pense à Germaine Dolabel. Nous irons dîner ensemble. La boutique du marchand de vins est chaude comme une étable. Germaine lit la carte. Nous demandons pour notre dessert deux pots de crème vanille. Nous boirons deux cafés filtre. Et nous irons à la Gaîté-Montparnasse.

Le jour même de mon arrivée à Paris, j'ai consulté un spécialiste qui m'a indiqué un traitement et m'a invité à revenir au bout de huit jours. Mais je comprends qu'il ne s'agit plus de m'introduire patiemment de l'eau oxygénée dans l'oreille. J'ai fait acheter un thermomètre. J'ai 39° de fièvre. J'ai lu les complications possibles dans un manuel d'otologie : mastoïdite, abcès méningé, abcès cérébral.

Avant de mourir, cependant, je veux revoir la rue de la Gaîté. Je comprends mieux que jamais que c'est une des plus belles rues du monde, et je crois bien que c'est la plus belle de Paris.

Elle va du boulevard Edgar-Quinet à l'avenue du Maine. Le boulevard Edgar-Quinet possède un cimetière et une gare. L'avenue du Maine est large et n'est que la route des Gobelins à Montparnasse.

La rue de la Gaîté semble prolonger la rue Delambre ou la rue d'Odessa. Et pourtant la rue d'Odessa et la rue Delambre sont des rues semblables à mille autres rues. On y passe entre des maisons; on y longe des boutiques et on y rencontre des passants. Ces rues, que sont-elles, sinon le dernier tronçon des routes qui mènent de tous les points du monde à la rue de la Gaîté?

Mais quand on arrive rue de la Gaîté, on n'est plus dans une rue, on est dans un pays. Les maisons y sont de hauteur inégale. Les unes ont cinq étages, mais les autres n'en ont qu'un. Les boutiques ne sont pas comme les boutiques d'ailleurs. Elles vivent dans un échange perpétuel avec la rue. La pâtisserie n'a pas de vitres. Un éventaire va du trottoir au mur du fond, laissant juste assez d'espace pour que la marchande puisse s'asseoir. Il n'y a pas de vitre où les pauvres collent leur nez. Et d'ailleurs, rue de la Gaîté, on a l'illusion qu'il n'y a pas de pauvres. Devant Bobino, devant la Gaîté-Montparnasse, dans l'impasse du Théâtre, devant les bars, des groupes de causeurs se serrent ou se dispersent. Mais cette rue n'est pas faite pour la marche molle des mendiants qui ont renoncé ou pour le pas pesant des ouvriers trop las. Ils l'évitent. Elle n'est que pour ceux qui flânent et pour ceux qui vont à leur travail ou à leur plaisir, et pour ceux qui en reviennent sans fatigue et sans dégoût.

Il n'y a pas ici de ces boutiques où les petits commerçants semblent vendre de l'ombre. Les étalages, qu'ils soient de victuailles ou de linge, ont un aspect d'abondance. Partout on dirait la vitrine d'un charcutier.

Dans les bars étroits, autour des zincs circulaires, s'assemble la race du pays, qui n'est ni tragique comme à Belleville, ni impatiente comme à

Clichy. Elle est composée uniquement de jeunes gens et de jeunes filles. La rue de la Gaîté a toujours l'aspect d'un soir de fête, en un village de Paris, entre deux danses.

C'est un pays qui a son art. La rue de Vanves commence un autre pays. Le bal de la Fauvette et les cinémas de la rue de Vanves sont pour un autre public. Mais dans cette courte rue sont rassemblés la Gaîté-Montparnasse, Bobino, le casino Montparnasse, le théâtre Montparnasse, sans compter les deux cinémas. Et pendant les entractes, le soir, les spectateurs fusent des salles dans la rue, et quand on est au spectacle, à peine a-t-on le sentiment d'avoir quitté la rue.

Et partout se répand, odeur de fête villageoise, l'odeur des crêpes.

La rue de la Gaîté est une patrie. La rue et non pas seulement ses maisons. Car il n'est pas nécessaire d'y habiter, pour en être. Ceux qui s'expatrient en ont la nostalgie. Une jeune femme qui assistait à tous les vendredis de la Gaîté (il n'y a pas que les mardis du Français) émigra à Belleville. Elle revint bien vite au pays. Les hommes de Belleville sont durs.

J'ai la fièvre... Elle me pousse par saccades... ou je marche comme endormi. La rue de la Gaîté n'est plus qu'une rue lointaine, aperçue dans un rêve. Et cependant j'en foule le trottoir. Chaque pas sonne dur dans ma tête. C'est peut-être la dernière fois...

Madame Tangue me propose un médecin qui est aussi celui de la concierge, un médecin qui guérit. J'ai horreur du médecin de quartier. J'ai connu des médecins de campagne ou de petite ville, des professeurs et des médecins d'hôpital scrupuleux et attentifs. Mais le médecin de quartier est à Paris le plus odieux des petits commerçants. Il croit qu'il y a des maladies et des médicaments, comme il y a des assassins et des policiers. Il croit au mal de tête et à l'antipyrine. Il prescrit des vins composés pour donner des forces. Il a les mains sales. Il joue aux courses. Il a fait ses quatre ans de médecine comme on fait son service militaire. Depuis le jour où il fut reçu à son bachot, il n'a plus travaillé « de tête ».

Je suis soigné par Saunière. Il n'a jamais exercé. Nous nous connaissons depuis l'enfance. Si j'ai la grippe et si je demande un conseil à Saunière, il me répond : « Il faut consulter un médecin. » Mais depuis que je suis revenu de Loguivy, il vient me voir deux fois par jour et il m'observe. Il a horreur des gestes médicaux. Jamais je ne l'ai vu palper, les doigts attentifs, le regard lointain; jamais je ne l'ai entendu dire d'une voix autoritaire et nasillarde : « Est-ce que je vous fais mal?... Et là...? Là, ça ne fait pas mal...? Très bien... »

Cependant il pose légèrement son index sur ma tempe. Nous attendons l'arrivée de Lormont. C'est un grand spécialiste. Un hasard nous a mis en relation voilà plusieurs années. C'est par les grands problèmes que nous nous sommes abordés. J'étais très jeune. Je voulais soulever le monde. Je lui ai fait part de ce projet.

Il est venu très simplement en brave homme.

C'est une collection de la fosse temporale. Il ne sait pas si l'abcès est profond ou superficiel, mais il faut l'opérer et sans tarder. Il insiste : sans tarder...

Ma décision est prise. J'irai à l'hôpital. Je pense aux vieux malades coiffés d'un bonnet de coton, vêtus d'une capote décolorée, qui se chauffent au soleil, fument leur pipe et remuent du bout d'un bâton le gravier d'une allée, et aux malades dont la tête est enveloppée d'un pansement et qui aplatissent leur nez aux vitres. Et cette odeur de fièvre dans la salle, cette odeur de graines sèches, cette odeur de chanvre. Les charpentiers tombés d'un échafaudage attendent le dimanche les parents qui leur apportent des oranges. Les mains pâles des voisins sont posées sur le drap et, le buste soulevé, ils regardent droit devant eux, avec égarement.

Saunière et Lormont voudraient bien passer dans la pièce à côté, comme pour une vraie consultation. Mais il n'y a pas de pièce à côté. Par une politesse que la maladie m'inspire, je m'assoupis. Je les entends. Lormont dit :

– A l'hôpital... jamais. Sur qui tombera-t-il? Les vacances ne sont pas terminées... Un chef de clinique, un interne, un externe, un bénévole...

– Ou un étudiant en droit..., ajoute Saunière.

La fièvre immobilise et alourdit mes membres, comme s'ils étaient dans une gouttière. Je suis en danger de mort. Je me dis bêtement : je suis aux portes de la mort. Je me répète ces mots : aux portes de la mort. Je les accueille, comme un voyageur note un aspect recommandé par le guide, avec une émotion sans profondeur, grosse comme une revue du 14 juillet ou comme une image de première communion. La mort n'existe pas en moi. Elle prendra les responsabilités qui lui conviennent. La vie me réclame une adhésion minutieuse, délicate, appliquée, dont je ne suis plus capable. Mais je fais la comparaison : c'est la vie qui est émouvante. Pour l'instant, mon corps lutte, seul, et mon sang dans les canaux de mes artères. Je ne suis plus qu'un spectateur. Quel repos!

Saunière sort avec Lormont. Je fais mon testament. Je lègue mes livres et quelques pots rustiques à mes amis, et je charge Saunière de brûler mes papiers, tous mes papiers. Il brûlera sans qu'un seul de ses regards tombe sur une ligne d'écriture... Je le sais...

Saunière revient au bout d'une heure :

– J'ai téléphoné à Gillot... grouille-toi... j'ai un taxi en bas... On t'attend à la maison de santé.

Gillot opère les princes russes et les milliardaires américains. C'est un chirurgien qui a déjà sa légende. Il y a une anecdote sur sa vie d'étudiant, une anecdote sur la fière réponse qu'il fit un jour à un prince régnant, une anecdote sur son sang-froid d'opérateur, une anecdote sur sa générosité, une anecdote sur son adresse sportive, une anecdote sur sa sensibilité qui se raconte toujours après l'anecdote sur son sang-froid.

– Je voulais aller à l'hôpital, dis-je en grognant à Saunière.

Il me répond :

– Grouille-toi.

Je me lève, je m'habille.

Madame Tangue arrive et nous accompagne jusqu'au taxi en criant dans les escaliers, sur trois notes :

– Du courage, monsieur... du courage!

J'ai des souvenirs étranges d'une maison de santé, où j'ai visité souvent une amie de Lina Montalina, petite actrice sans engagement et qui avait une âme charmante, naïve et morte de couturière à la journée. Ce n'était pas une clinique soumise à la discipline d'un chirurgien, mais une luxueuse maison meublée, à laquelle était annexée une salle d'opération.

Les chambres donnaient sur un jardin minuscule, que remplissait entièrement une assez vaste pelouse, ornée de trois massifs ovales plantés de bégonias. Un acacia et deux platanes suffisaient à dissimuler le mur de clôture et donnaient au jardin dans la ville un aspect de parc illimité.

Je connus le directeur, médecin-marchand de soupe, un petit homme à face de bistro et au ventre invraisemblable. Il portait le bout de ses doigts boudinés à ses paupières, comme s'il eût voulu les empêcher de tomber sur son ventre. Il disait sans cesse aux malades et aux familles :

– Nous ferons l'impossible pour vous être agréable...

Et il passait dans les couloirs, dans la cour et dans le jardin, agitant ses deux minuscules jambes, comme si une mécanique leur eût imposé des saccades, et balançant de droite à gauche et de gauche à droite, comme sous l'effet d'une autre mécanique tout à fait indépendante, son buste gonflé, dont les mains seules semblaient se détacher.

Je l'ai vu un jour devant une mère sanglotante, dont le fils venait de mourir. Il attendit un espace entre deux sanglots, et sur un ton presque menaçant, il lui dit :

– Voyons, madame, voyons... Il faut vous calmer... nous avons fait notre possible pour vous être agréable...

Un appartement voisin de la chambre de la petite actrice était occupé par un Russe, un prince russe bien entendu, qu'on soignait là, depuis deux mois, d'une inguérissable fistule. On ne savait rien de son passé sinon qu'il avait, en une nuit, perdu un million à Deauville. Son médecin l'autorisait à se lever une bonne partie de la journée. Mais on ne le voyait jamais. Son valet de chambre était installé à demeure derrière un paravent, dans le couloir, tout près de sa chambre. Mais la nuit, le Russe se promenait une heure, quelquefois deux, dans le couloir. Il était vêtu d'un pyjama de soie, et il suivait le couloir d'un air affairé, lisant à chaque fois qu'il passait devant une porte le nom de fleur ou le nom de sainte qui désignait la chambre. Souvent il marmottait. Une nuit, dans le couloir qu'éclairait à peine une ampoule électrique, dans le silence, je l'ai entendu. Il répétait d'une voix gutturale, liant les syllabes comme un écolier qui apprend sa leçon, comme s'il eût dit sa prière :

– Les Hortensias, sainte Marguerite, les Glycines, sainte Gudule, sainte Clotilde, les Capucines...

Et quand il avait fini, il recommençait en sens inverse :

– Les Capucines, sainte Clotilde...

Il avait fait enlever tous les meubles des trois chambres qui composaient son appartement, et les avait fait remplacer par des meubles choisis par lui-même dans une maison anglaise. Il avait acheté également de l'orfèvrerie. Et les infirmières parlaient avec respect d'un instrument en or ciselé qui servait à couper les œufs à la coque. C'était un très ingénieux appareil qui s'emboîtait au coquetier et qui supportait une sorte de coupole mobile, armée intérieurement d'une scie circulaire.

Aucune des infirmières de la maison ne voulut rester à soigner le Russe. A peine avaient-elles pris leur service auprès de lui, qu'elles sortaient de la chambre, allaient trouver le directeur et menaçaient de quitter la maison, si on ne leur donnait pas un autre malade.

Le Russe, couché dans son lit, ne retournait même pas la tête quand elles entraient. Il leur disait d'une voix sans réflexion, comme on demande un menu service :

– Déshabillez-vous... je veux que vous soyez nue sous votre blouse.

La première infirmière qui eut à le soigner crut ne pas avoir compris, et resta dans la chambre, à préparer le pansement. Le Russe ne l'avait même pas regardée. Mais quand elle s'approcha de lui pour le panser, il lui dit sur un ton très naturel :

– Je veux voir vos seins, quand vous me pansez... Rabattez votre blouse.

Elle crut qu'il délirait et ne s'effraya pas. Comme elle défaisait le pansement de la veille, le Russe lui dit :

– Pas tout de suite... Pas si vite... Avant...

Elle rabattit les couvertures, sortit et alla chez

le directeur. Chaque matin le directeur changeait l'infirmière. Il était furieux.

– Ces saletés-là... qu'est-ce que ça peut leur faire? Je n'en trouverai pas une qui sera gentille avec lui... Un malade de deux cents francs par jour!

La première semaine écoulée, ce fut le Russe qui manda le directeur :

– Si vous ne me donnez pas, lui dit-il, des infirmières plus...

Il chercha le mot.

– Plus... convenables... j'irai me faire soigner ailleurs.

Le directeur était affolé :

– Patientez... patientez... je ferai mon possible pour vous être agréable.

Il téléphona. Il prit un taxi-auto et on ne le revit pas de la journée.

Le lendemain, le Russe avait deux infirmières, dont il se déclara satisfait.

Un jour le valet de chambre lui amena un colley, pur de race, somptueux et bondissant.

Le Russe ordonna qu'on le laissât seul avec la bête. Il prit une cravache dans une de ses malles. On entendit des aboiements d'abord, puis des hurlements de douleur et de rage mêlés. Le chien et le Russe hurlaient tous les deux. Mais quand on ouvrit la porte, le Russe, l'écume à la bouche et la sueur au visage, gémissait, tandis que le chien saignant grognait.

Le Russe montrait une morsure qu'il avait à la main :

– Il m'a mordu... Il m'a mordu...

Il fit emporter le chien, qu'on ne revit plus.

La mère du Russe vint le voir, on ne sait d'où. C'était une princesse russe. Elle ne se levait jamais. Et quand elle voyageait, elle se servait d'un lit démontable, que ses domestiques installaient dans un wagon loué. Elle était accompagnée d'un médecin allemand, à lunettes d'or, qui n'avait d'autre fonction que de la piquer à la morphine, quand elle lui en donnait l'ordre.

Dire qu'elle vint voir son fils n'est guère exact. Elle fit transporter son lit, d'une ville au milieu des steppes, dans un appartement de la maison de santé. Elle y resta huit jours couchée, sans demander à le voir. Puis elle se fit annoncer chez lui.

Des enfants en visite jouaient dans le jardin. La princesse ordonna qu'on lui approchât son lit de la fenêtre; puis elle envoya chercher dans trois magasins des jouets. « Pour mille francs de jouets », disait-elle d'une voix dolente. Et de son lit elle les jeta dans le jardin sans regarder.

– Ces chers petits enfants..., disait-elle.

On opérait d'une hernie un général exotique, qui avait un domestique nègre. Le nègre sautillait dans les couloirs, pinçant les infirmières qui le giflaient à tour de bras. Il riait :

– Général bien... tout bien...

Il pleurait :

– Général mal... tout mal.

Et quand il partit, accompagnant le général guéri, il riait et pleurait tout à la fois :

– Général guéri... hi... hi... hi... Moi pas vouloir quitter jolie maison... Moi tout noir... infirmières tout blanc...

Je n'ai pas une très bonne impression de la façade de la maison de santé. C'est un grand corps de bâtiment en briques jaunes, flanqué de deux ailes avançantes et séparé de la rue par un petit mur et une grille en fer. On dirait une faculté ou un musée de province. Je monte le perron sans enthousiasme. Mais Saunière n'a pas ouvert la porte que je suis conquis. Je me sens mal à mon aise dans la chambre la mieux chauffée, si elle reçoit la lumière du nord, sans tendresse et sans intelligence, qui montre les objets comme cristallisés à travers un bloc de glace et tristes comme dans une vitrine de musée. Ici, les carrelages et les murs blancs des couloirs, éclairés par de larges baies, sont joyeux comme une lessive qui sèche dans un pré au soleil.

La surveillante et l'infirmière sont dans les couloirs du troisième étage et me conduisent à ma chambre. Je les regarde avec attention et plaisir, comme je regarde toutes les femmes, quelles qu'elles soient, où que je les rencontre, dans une rue, dans un salon, dans une gare, dans une maison publique. Ce n'est pas une manie de suiveur ou de plaisantin, et j'ai passé l'âge où l'on rêve les amours de crétin que racontent M. d'Annunzio et quelques autres romanciers, dramaturges ou poètes. Mais je n'ai jamais lutté contre l'instinct qui me pousse, en présence de toute femme, à supposer ma vie jetée dans sa vie. C'est, avant tout amour, un spasme de l'esprit. Je possède des femmes ce que leur apparence me fait connaître d'elles. Cela est fulgurant comme la vision d'un éclair. Je ne peux pas fermer les yeux. En chemin de fer, une femme emportée dans l'express qui croise mon train, une femme aperçue dans l'ombre d'un wagon, m'entraîne à travers le monde. A l'angle d'une fenêtre, d'autres m'ont fixé aux soirs réguliers d'un village. Une blanchisseuse, dans la buée d'une boutique, une blanchisseuse balançant son torse qui pèse sur l'avant-bras, appuyée au fer, me donne l'espérance d'une étreinte chaude et tendre après les besognes de la journée et la fatigue d'avoir marché dans la rue.

Il ne me faut aucun héroïsme pour regarder la surveillante et l'infirmière. Je suis en danger de mort, c'est entendu... Je ne suis pas mort. Je n'ai que faire des problèmes de la mort, je m'attache de toute ma conscience à ceux de la vie.

Avec une douceur indifférente, elles m'ont conduit dans ma chambre. J'éprouve près d'elles un sentiment de sécurité. Elles ne s'enfuiront pas. Elles seront près de moi tous les jours qui suivront. Cette certitude m'apaise. Pour l'instant, je ne distingue nettement que leur costume : blouse blanche, tablier blanc à bavette, chaussures blanches. Sur la tête, une simple toile carrée fixée aux cheveux pend sur la nuque, seyante comme une coiffe.

Leurs bras sont nus jusqu'au coude. Je ne sais pas regarder sans émotion le bras d'une femme, cette précision serrée du poignet, cet accroissement de la forme jusqu'à cette magnifique plénitude des courbes musculaires aux approches du coude. Et c'est avec une joie véritable de création, une joie de sculpteur bâtissant un corps, de géomètre combinant dans l'espace, qu'on imagine ensuite les courbes opposées du bras et de l'épaule.

Saunière est assis près du lit, près de mon lit.

Il me quitte au moment où l'infirmière entre dans la chambre.

Je ne suis encore qu'un malade qu'on a changé de lit. Rien dans la chambre n'a pris pour moi sa place familière. Je constate et j'énumère. Mais les objets ne sont pas encore de ma parenté. La chambre est à l'angle de la maison. Aussi a-t-elle deux larges fenêtres, l'une en face du lit, l'autre à gauche. Tout est blanc du carrelage au plafond, sauf l'armoire, la table de toilette, le fauteuil et la chaise qui sont en bois clair et d'un style hollandais. J'ai seulement la tranquillité d'un voyageur installé dans son compartiment.

L'infirmière vient tapoter mes oreillers et les dispose avec adresse. Ses mains ont cette molle transparence de pétales des mains souvent baignées.

J'ai pour Saunière une pensée de reconnaissance. Je pense à l'hôpital avec sa figure de malade anémique enveloppée d'un foulard. Les infirmières passent vite dans les salles. Et le pouce de l'infirmier est trop large, couvert d'une énorme envie et noir dans la rainure.

Le matin, avant que Gillot n'entre dans ma chambre, j'entends les bruits de la visite, les portes qui s'ouvrent et se ferment dans le couloir. Des pas claquent, comme des coups de fouet, sur les carrelages, et d'autres pas les suivent, feutrés. C'est Gillot, son aide et les infirmières.

Il ressemble à une image d'Abd-el-Kader qui

illustrait ma première histoire de France. Son visage est plein et net. Il palpe ma tempe. Il y a dans ses mouvements beaucoup de douceur et de décision. Je me *livre*. Je ne trouve pas d'autre mot pour exprimer le sentiment qui m'oblige à l'immobilité et qui m'interdit de crisper le visage, d'exprimer de la crainte ou de la douleur. Je fais de ma tête un objet que je lui confie, pour qu'il puisse à son aise l'examiner. J'ai lu dans mon enfance l'histoire d'un lion, qui s'était enfoncé dans la patte une épine qu'un petit garçon lui retira. Le lion se coucha et tendit sa patte à l'enfant, et chaque jour, pour qu'il lui lavât sa patte ensanglantée, il revenait trouver l'enfant. Je pense à ce lion qui s'abandonne.

Avant l'opération, il faut me raser les cheveux, près de la tempe. La surveillante entre dans ma chambre, suivie de l'infirmière, qui pousse le chariot à pansements. Je m'assieds sur mon lit. Le rasoir, en passant sur la peau, gratte, comme si de petits silex inégaux et raboteux adhéraient à la lame. Je me dresse, appuyant mes bras au bord du lit, pour me voir dans la glace rectangulaire enclavée dans un des panneaux de l'armoire. Le côté droit de ma tête est enflé et s'arrondit comme un œuf. Ma tempe est bleue comme un menton de cabot. Les cheveux supprimés, ma joue s'est allongée; cette inégale calvitie n'est pas répugnante comme une plaque de pelade, elle est burlesque. La plantation de mes cheveux est devenue arbitraire, comme sur une perruque de clown. Je m'étonne que mes cheveux, sur la gauche ne se rassemblent pas en un toupet mobile, qui se lève et s'affaisse.

Je monterai gaîment sur la table d'opération. Je veux être docile comme l'enfant qui sort des rangs du public et qui vient aider le prestidigitateur. J'ai assisté autrefois à une opération en spectateur. J'ai su me garder de l'émotion facile, de la peur animale, pour atteindre à un juste sentiment d'admiration pour les mouvements précis et coordonnés de l'opérateur. Comme il serait lâche et bas d'être pris d'épouvante pour cette raison que, maintenant, c'est moi le sujet.

Je veux être sous les doigts du chirurgien une matière docile. Il a un si joli métier d'artisan.

Une salle de chirurgie où l'on opère est gaie comme un petit atelier de menuiserie. La nette incision du bistouri marque la prévoyance autant que la ligne de crayon que l'ouvrier trace sur une planche. Et le sang et le pus et les morceaux de tumeurs ne sont que des copeaux nécessaires, pour que le travail soit accompli. Et les instruments si jolis, de métal clair, dont les angles et les courbes et le galbe sont si exactement déterminés par l'usage. J'aime les instruments de chirurgie comme j'aime les poteries que tournèrent les vieux potiers de village. Et l'asepsie, ce lyrisme de la propreté! J'aime mieux me faire opérer que d'aller chez le coiffeur aux doigts puants de cosmétique.

Le bon chirurgien a, quand il opère, un visage d'enfant sage qui s'applique. Et, quand il se sent en veine, un imperceptible sourire détend son visage, semblable au sourire de l'acrobate lancé, quand il est dans l'espace.

Je ne veux pas avoir en moi la sale âme des malades... Je hais leur tremblement stupide, leur envie de fuir, le bond soudain de leur corps quand on les palpe ou qu'on les panse. Ils sont plus bêtes que les chiens qui se laissent soigner, qui domptent leur peur, qui prennent confiance. Ils n'ont pas de dégoût, si un coiffeur les touche de ses mains poisseuses et malodorantes, et ils sont épouvantés quand le chirurgien approche avec son bistouri stérilisé. Ils ont peur qu'on leur déchire la peau. Est-elle donc si précieuse leur peau? Quand ils voient passer le chariot du malade qu'on conduit à la salle d'opération, ils sont pris d'une grande pitié, ils ont une crise de tendresse humaine, ils gémissent comme une vieille fille qui a perdu son canari. Mais ils laissent partout – loin d'eux et près d'eux – tous les meurtres s'accomplir. A la pensée qu'un chirurgien va ouvrir un abcès, ils pleurent, ils s'agenouillent devant la souffrance humaine. Mais ni la guerre ni la misère ne les inquiètent. Dieu a voulu les batailles, comme il a voulu les pauvres.

Au fond, ils n'ont pas tellement peur du bistouri ou pitié de l'opéré. Mais ils détestent, dans l'intervention du chirurgien, l'acte humain qui n'a pas la mort pour but. Et ils le détestent d'autant plus, que le chirurgien travaille tout à côté de la mort.

Je descends dans la salle d'opération. Large baie, laissant apercevoir, comme suspendues en l'air, des masses vertes de feuillages où le soleil s'émiette, blancheur des murs, limpidité de l'espace, surfaces lisses de la table articulée et des escabeaux.

– N'ayez pas peur, me dit Gillot.

Pourquoi donc aurais-je peur?

Je serais inquiet, si on m'opérait à la guerre, sur du foin. Mais ici, toutes les chances sont pour moi.

J'ai vu une fois chez des amis, en consultation, un vieux chirurgien voûté qui ressemblait à un maître d'école, un vieux chirurgien triste. Je ne voudrais pas être opéré par lui. Mais pourquoi aurais-je peur ici? Gillot a cette vertu, la seule peut-être dont je ne doute pas : la gaîté. Elle est inconnue de tous les joyeux drilles. C'est une solidité du regard, un pouvoir de s'égaler à la vie, une sécurité semblable à celle du nageur qui sait, avant de se jeter à l'eau, que l'eau le portera...

Entre les aides de Gillot, je devine facilement « l'endormeur ». Il n'a pas l'air chirurgical. Il y a une solidarité entre l'opéré et ceux qui l'opèrent. Le chloroformisateur, près du chirurgien, a l'air d'un riz-pain-sel à côté d'un général victorieux.

Je m'étends sur la table.

– Respirez largement.

Je respire... L'odeur du chlorure d'éthyle est la même que celle du chloroforme, l'odeur de pomme reinette. Je respire consciencieusement. L'aide soulève le linge qu'il a posé sur mes yeux. Je vois son visage et son buste à côté de moi. Mais je le vois *en hallucination.* Ce n'est plus un homme que je puis connaître et juger. C'est une forme que je ne compare à aucune autre. Il est là, à côté de moi, comme s'il y avait été, comme s'il y devait être toujours. Et il remplit sa part d'espace comme une image impondérable, et j'ai le sentiment que, si je pouvais le toucher, ma main ne rencontrerait aucune résistance.

Et tout à coup pèsent sur moi les vapeurs méphitiques, les vapeurs lourdes, plus lourdes que moi-même et qui mettent sur ma poitrine un poids de plomb, et qui m'enveloppent d'un cercueil souple et qui m'épouse et sur lequel on marche. Qui donc, comme on foule le sol mou d'un gazon jeune, marche ainsi sur ma respiration, qui donc se penche sur moi comme pour tarir une source?

Il y avait en moi une source jaillissante que je ne connaissais pas, la source de la vie. Un homme, avec ses deux mains, presse à son issue et l'enferme.

– Laissez-moi...

Ah! m'en aller... loin, comme un chien se sauve...

Je veux me soulever. Je sens la force des mains qui me fixent à la table.

Je voudrais dire : « On s'est trompé de flacon. Ce qu'on me met sur la face, c'est la mort... »

Le réveil est d'un bon sommeil sans rêves. Une infirmière me soutient de son bras passé autour de mon cou. L'aide de Gillot exécute autour de mon front un mouvement circulaire dont je ne comprends pas l'utilité. Je lui demande :

– Est-ce que vous allez encore me faire mal?

– C'est fini...

J'ai posé cette question, sans but, comme un petit enfant veut se concilier la sympathie d'une grande personne.

Je suis pansé. L'infirmière pousse le chariot où je suis étendu, dans une salle voisine. Je ne souffre pas. Mais il me semble qu'on m'a donné un coup de sabre à travers la tempe. L'infirmière s'est assise près de la fenêtre. Entre le chariot et sa chaise, la distance me paraît immense. Le soleil agite sur sa blouse des remous de velours liquide, et son visage et ses bras dans la lumière ont le contour mobile d'une flamme. Les cheveux et les sourcils noirs luisent comme des feuilles humides. L'ample poitrine, le buste dressé comme une tige me semblent alors l'image même de la nature vivante, avec ses sèves circulantes et ses jaillissements. Cette femme qui est là et qui me garde est, après mon réveil, aussi miraculeuse et naturelle que la mer aperçue, pour la première fois, derrière les dunes, après une nuit en wagon.

Elle me regarde avec tranquillité. Toute sa force s'oppose à l'incertitude de mes membres amollis.

Jamais elle ne saura la muette et l'organique supplication qui du fond de moi-même allait vers elle. Elle me parle avec calme. De toute sa santé elle se défend contre moi, contre toutes les doléances de tous les malades.

Réveil admirable. Naissance hésitante et lente. Non, ce n'est pas un réveil, c'est beau comme une résurrection. J'avais été mort. Et me voici non pas comme un enfant qui naît, mais comme un homme neuf. Et c'est cette image de fécondité qui m'éveille à la vie... Ces pensées ne se forment pas comme des pensées. Il me semble que je les respire et qu'elles viennent de l'infirmière paisible, comme une odeur vient d'une plante.

L'infirmière pousse mon lit à roulettes. Elle le conduit jusqu'à l'ascenseur. Mes belles pensées s'amollissent. J'ai l'illusion que le wagonnet file à folle allure par des dédales de couloirs et qu'il ne s'arrêtera plus jamais. L'infirmière sans doute le pousse en galopant. Les murs blancs fuient, comme une eau courante. Je ne suis plus qu'un point mou jeté dans les couloirs. Les petites roues, au grincement aigu, emportent sur le carrelage lisse quelque chose qui n'est plus mon corps, mais qui est moi-même.

Le wagonnet entre dans une chambre. Saunière, près du lit, me sourit.

Le chariot est parallèle au lit. Il est au même niveau; il est tout à côté. J'ai un sentiment agréable d'arrivée dans un port, après un voyage vertigineux et chimérique, où le bateau tangua jusqu'à être proue en bas, poupe en haut, dressé comme un mât et parfois fila, sans toucher l'eau, comme une flèche dans l'espace.

Je n'ai pas la notion qu'il va falloir quitter le

chariot pour entrer dans le lit. L'infirmière, me prenant par les épaules, m'y oblige. Je lui obéis, comme un petit enfant imite, de toute sa bonne volonté, sans comprendre. Me voici sur le lit, et confondant l'alèse avec une couverture, c'est sous l'alèse que je tente de me glisser. L'infirmière saisit mes jambes et les allonge par-dessus l'alèse. Elle sourit et Saunière sourit, comme on sourit des mouvements maladroits d'un tout petit enfant ou d'un jeune animal.

Maintenant cette chambre est la mienne. Je ne saurais dire exactement pourquoi. Mes sentiments et mes pensées sont ralentis. Je n'ai plus comme la veille la force d'apercevoir le détail des objets. Je suis simplement dans la blancheur du lit et dans la blancheur de la chambre. Et pourtant je ne suis plus seulement un malade qu'on a transporté. Je suis l'habitant de la chambre 2. Est-ce parce qu'une nouvelle infirmière est venue? A ses gestes plus lents, moins distants, à l'interrogation presque curieuse de ses yeux, à une douceur très naturelle, mais qu'elle ne dissimule pas, à la façon dont elle met de l'ordre dans la chambre, je comprends immédiatement qu'elle restera. Elle ne passe pas comme dans une ambulance. Elle est déjà ma compagne.

C'est une journée d'assoupissement, très douce et lente, comme sans minutes, une journée d'un seul tenant, dont le seul événement pour moi est une tasse de lait que m'apporte à quatre heures l'infirmière. Elle me soutient de son bras passé autour de mon cou et, tenant elle-même la tasse, elle me fait boire à lentes, lentes gorgées. Une fois encore j'ai le sentiment d'être un petit enfant. Mais les enfants n'ont aucune joie à être des enfants.

Je m'abandonne à ce bras qui me protège, à ce bras où je me blottis.

Je vécus deux jours dans une torpeur agréable et sans souffrance aucune. Mais avant de donner le thermomètre à l'infirmière, je le regardais, et ma température le matin dépassait 38 et le soir 39. Quelques amis vinrent me voir. L'infirmière restait près de moi. Tout le monde entrait dans ma chambre sur la pointe des pieds, et si l'on me disait quelques mots, c'était sur un ton de douceur réticente. On m'avait recommandé de ne pas parler.

Je n'avais nullement le sentiment que j'étais en danger. Mais je le savais. Et j'appris, quand je quittai la maison de santé, que Gillot avait téléphoné plusieurs fois chacun de ces deux jours pour qu'on le renseignât sur ma température et sur mon état.

Je méditais sur la mort, quand je ne somnolais pas. Avec beaucoup de calme, car c'était une méditation. J'avais assez de notions anatomiques et physiologiques pour comprendre que, l'opération accomplie, je pouvais mourir d'infection ou d'un abcès plus profond, inopéré. Je savais aussi qu'on pouvait, si la fièvre persistait et si j'avais les symptômes d'un abcès profond, me transporter à nouveau sur la table d'opération. Je savais donc la mort possible, je savais que d'une heure à l'autre je pouvais entrer en agonie. Mais je savais aussi que le danger n'était qu'à l'état de possibilité. Je ne sentais pas la mort en moi. Et la fièvre apparaît comme une transition naturelle entre la vie et la mort. Cette chaleur dans l'immobilité, ce sentiment que tous les organes et tous les téguments se resserrent et s'affermissent et deviennent plus denses, et que tout le corps est raidi et rassemblé comme pour s'abandonner à un saut définitif, obligent à la résignation. La mort ne s'oppose plus à la vie comme son contraire. La fièvre est un passage et le fiévreux est dans l'état d'un gymnaste qui a pris un breuvage puissant, avant un exercice difficile.

J'éprouvais une sensation très douce de méditation en liberté, analogue à celle qu'éprouve un rameur qui s'est couché dans le fond d'une barque et qui se laisse aller au courant. Je m'abandonnais avec confiance à mon propre corps. C'était lui qui était chargé de lutter. Ma volonté n'avait pas à intervenir. Je n'avais rien de l'effroi qui me hantait, sans me paralyser, lorsque, glacé par le froid en pleine mer, je dus nager jusqu'à la rive, à courtes brasses pour ne pas m'essouffler.

Calme méditation, dans le bien-être de cette immobilité, sans autre divertissement que suivre les mouvements de l'infirmière blanche dans la blancheur de la chambre.

Si, bien portant, je pense à la mort, j'imagine mon corps devenu cadavre et, contradiction à laquelle on n'échappe pas, je me connais comme mort, je me connais comme ne connaissant pas et je souffre du néant, comme si j'avais le pouvoir de le sentir. Je ne redoute pas la mort. Mais j'ai peur du saut, comme on a peur de sortir dans la rue quand il fait du vent, ou de se jeter dans l'eau froide.

Si la mort vient à la limite de la fièvre et qu'elle soit un éclatement de la vie trop tendue par la fièvre, si l'agonie n'est pas le râle, ronflement plus dramatique et plus solennel, la mort ne doit pas être douloureuse. Mais je redoute l'agonie, si elle est semblable à l'étouffement qui précède l'anesthésie, à cet étouffement, qui, comme un vent pesant, flétrit, assèche et contracte.

J'ai depuis mon enfance cessé de réfléchir à l'immortalité personnelle. Je n'ai pas l'âme assez basse pour croire à un magistrat interplanétaire décernant des châtiments ou des récompenses. Je ne crois pas au commissaire de police qui prononcerait des jugements éternels avec un accent de soldat de café-concert mi-auvergnat, mi-méridional. Et je ne cède ni à l'appât des récompenses, ni à la crainte des châtiments. Le pari de Pascal ne me convainc pas. Je veux bien accepter une loi, mais non pas un contrat unilatéral. Le silence infini des espaces éternels m'émeut mais ne m'effraye pas. Pascal ne connaissait que l'infini mathématique. Je connais l'infini biologique.

La mathématique, pas plus que la religion, ne respecte le mystère. Elle résout et ne sait pas attendre. Elle n'accepte pas d'ignorer ce qui se passe derrière les portes closes. Un homme digne de notre époque s'inquiète de la vérité. Mais il ne va pas regarder par une serrure sans trou et prétendre qu'il a vu quelque chose.

Je pense à ceux qui resteront après moi. Les sanglots d'une mère, je les entends et sa tristesse m'est beaucoup plus pénible que la pensée de ma mort. On lui a pris son bien. Une mère qui a la foi espère retrouver son fils au ciel. La religion est sans pudeur. Elle nie la mort. Il est possible que la mort ne soit pas. Il ne faut pas le crier si fort. On croirait que vous n'en êtes pas absolument certains.

Mes amis seront émus derrière mon cercueil. Ils penseront à l'ardeur de notre adolescence, à ce partage des grandes espérances vagues... Ils vont hésiter sur le costume à mettre. Ils préféreraient, pour moi, pour ne pas revêtir l'uniforme habituel des cérémonies, venir en veston, chapeau mou ou chapeau melon, en costume de tous les jours, parce que la mort est de tous les jours. Mais ils penseront à ma famille et alors ils viendront en tube et en jaquette.

Mourir, ce mot-là dit bougrement bien ce qu'il veut dire. Je suis de ceux qui ne savent pas s'en aller. Je tiens à la vie, quand je la vis avec puissance. Et quand je m'ennuie, je suis comme les jeunes gens timides qui restent dans un salon, sans oser se lever...

Je n'ai pas peur de l'au-delà... J'ai lu Spinoza. J'ai l'amour intellectuel de la nécessité. Mais j'ai horreur de la boîte où l'on étouffe et où l'on s'empuante soi-même. Qu'on me brûle!

La mort, ce n'est rien. L'acte de mourir est aussi naturel que l'acte de respirer. Je ne sais rien à quoi je pourrais penser avec plus de calme. Si elle vient, sans que je puisse lutter contre elle, mille regrets. Je ne perdrai pas mes dernières minutes à me désoler. Mais ce qui m'inquiète, ce sont les problèmes qui peuvent se poser devant elle. Si je fais naufrage avec ma sœur, quand je serai à bout de forces, pour l'avoir soutenue au-dessus de l'eau, dois-je lutter encore, moi seul, quelques minutes, ou me laisser couler, à la minute même où mon bras l'abandonne?

Reste Dieu... Puisque je t'ai créé, pour l'idée de cause conçue trop simplement, je m'honore, en mourant, de n'avoir pas été, durant ma vie, un solliciteur obsédant. Je ne me suis pas vengé de ton silence, comme un reporter éconduit, en donnant des détails sur ta maison et sur ton cœur. Je n'ai pas fondé une religion... Je me suis conduit, avec toi, comme un honnête homme.

Mademoiselle Crazannes, la surveillante de l'étage est une grande jeune femme brune, dont le visage est d'une impératrice ou d'une jeune directrice de pensionnat. Elle aime à jouer au grand médecin. Elle médite longuement ma courbe de température, la remet au tiroir et sort sans dire un mot. Si je l'imagine, ayant quitté sa blouse d'infirmière, je ne puis me la représenter qu'habillée tout de noir. Elle doit, son jour de sortie, se promener par les rues comme une veuve inconsolable ou comme une reine détrônée. Pourquoi détrônée? Elle est bien la reine de l'étage. Les autres infirmières s'en vont à petits pas ou glissent au long des murs blancs. Mais mademoiselle Crazannes ne passe ni ne glisse. Elle s'avance. Et je m'étonne que sa blouse blanche ne s'allonge pas en traîne et que les petites servantes en tablier bleu ne s'élancent ni ne se penchent, pour lui porter sa traîne.

L'infirmière s'appelle Marguerite Carneran. Elle a des pommettes saillantes, un nez court, le teint pâle et de très grands yeux d'un gris de cendre : ce qu'on est convenu d'appeler un visage d'étudiante russe. Et c'est en voulant parler d'elle que je sens davantage la difficulté qu'il y a à se servir des mots pour une autre intention que raconter des faits ou bien des idées. Je commence bêtement un portrait de Marguerite Carneran. Je rassemble ses traits, je me souviens de ses mouvements; comme un naturaliste décrit une plante ou un animal, comme s'il s'agissait, avec mille renseignements dispersés, de former une seule image définitive. Un photographe en ferait autant. Et c'est ainsi que nous opérons, quand nous sommes en bonne santé, pour avoir des hommes et des femmes une notion suffisante à l'usage quotidien. Ce n'est pas ainsi que j'ai connu Marguerite Carneran. Je l'ai connue par des images successives à peine liées, qui ne se confondaient pas en une seule et qui émergeaient de la torpeur fiévreuse, comme des fleurs, à intervalles inégaux, piqueraient de points éclatants la terre lourde d'un massif. Un musicien peut-être saurait exprimer cela.

D'abord elle entra... Et je ne remarquai que son allure *comme il faut*, son expression d'amertume souriante. Je me sentis protégé. Ce fut tout. Puis j'ai dans la journée trois ou quatre souvenirs d'elle. Elle m'apportait à boire, ou rangeait mes oreillers avec des gestes soigneux et volontaires, très doux, mais un peu secs.

Il lui manquait cette grâce animale, cette perfection souple qui nous lie aussitôt à certaines femmes d'une complicité sexuelle. Cette force et cette harmonie primitives, je les ai aperçues chez presque toutes les négresses d'exhibition... Je la distingue chez les femmes du peuple, du monde, des actrices ou des filles publiques. Elles sont indépendantes de leur milieu, de leurs mœurs, de leur caractère. Elles ne sont peut-être que la persistance d'une sagesse sauvage du corps. Les gestes de Marguerite Carneran sont d'une décence vertueuse. Il doit y avoir beaucoup d'infirmières semblables dans les hôpitaux de

Genève ou de Londres. Déjà, je sens qu'elle me sourit par bonté et par pitié. Elle ne se sourit pas à elle-même.

Je suis heureux... Je n'ai aucune ambition, aucun désir, mais aucun regret non plus ni aucune inquiétude. La fièvre applique mon corps au lit exactement, comme une planche à une planche. Je suis lourdement immobile. Je me fais l'effet d'une locomotive sous pression, à l'arrêt. Et s'il faut que je me déplace dans mon lit, mon corps se meut tout d'une pièce, comme un bloc et comme si j'avais perdu le pouvoir des mouvements délicats et spéciaux.

Je suis entouré de silence, d'ordre et de lumière. J'aime la monotonie blanche de cette chambre lisse, dont les murs sont semblables, où je pose mes yeux, à un nuage opaque. La clochette qui sonne au plus lointain couloir règle l'ordre de la maison. Dans la clarté qui vient des deux larges fenêtres, je suis baigné comme en un bain tiède. Et je goûte, sans remords, ma torpeur. Je me réjouis d'une paresse bienheureuse. Je ne me sens même plus responsable de ma santé. D'autres y veillent.

Je ne sais si tous les malades trouvent la même joie ici. Mais c'est le premier asile, la première oasis que je rencontre. Pour que mon bonheur soit plus complet encore, il suffit que je réveille lourdement en moi les soucis habituels de ma vie. Il suffit que je pense à Lina Montalina, au libraire de la rue de la Sorbonne, à l'école Victor-Cousin, aux cartomanciennes et aux bandagistes herniaires, pour qui j'ai rédigé des prospectus, aux directeurs de journaux pour qui j'ai rédigé des articles.

Les journées sont lourdes et calmes. Les nuits sont ardentes et lourdes. Mon corps ne pèse plus admirablement stable et compact au lit qui semble de toute éternité rivé au plancher par ses quatre pieds. Mon corps est tendu d'un bout à l'autre du lit, comme si des forces adverses l'écartelaient en des directions contraires. Je me dresse et m'appuie sur les coudes, regardant droit devant moi et je passe des heures ainsi, attendant je ne sais quoi, mais évitant, par cet effort, la multiplication douloureuse des idées agitantes.

La lampe électrique, avec son abat-jour, se reflète dans la vitre de la fenêtre, en face de mon lit. C'est un cosaque avec son bonnet, et c'est d'autres fois l'*Homme à la pipe* de Van Gogh. Mais l'image reste immobile, des heures, face à moi, fixe, comme moi, comme le silence, comme la nuit. L'espagnolette de la fenêtre creuse et modèle le visage d'un adolescent aux traits nets, aux yeux trop sombres et piqués comme des points. Images fixes, dures, mais non terrifiantes.

Je ne dors pas. Simplement, le sentiment, que mon corps a de son poids, augmente ou diminue. Et la nuit disparaît, comme la flamme d'une chandelle soufflée, à l'heure du matin où l'infirmière entre dans ma chambre pour prendre ma température.

Gillot ce matin n'est pas venu. C'est le docteur Dittenay qui passe dans les chambres. Mademoiselle Carneran défait mon pansement. Le docteur Dittenay presse la région et les bords de ma plaie. Puis il remplace le drain en s'aidant d'une sonde cannelée. Il me semble qu'il m'enfonce dans la tête une tige raboteuse qui frotte aux bords nus et tendres de la plaie. Il m'est assez difficile de rester immobile. Un mouvement brusque de la tête me délivrerait. Toute ma volonté de faire proprement mon métier de malade n'empêche pas que cette pointe d'acier, remuée dans ma plaie, n'y promène une sensation presque intolérable de cinglement continu. Je suis couché sur le côté, les deux bras allongés vers le bord du lit, les mains plongeant dans le plus bas des oreillers et s'y agrippant. C'est en contractant davantage mes mains que j'arrive à ne pas crier. Mademoiselle Carneran fait le tour du lit et elle vient appuyer doucement ses deux mains sur les miennes.

Le drain pénètre difficilement. Le docteur Dittenay s'y reprend à plusieurs fois. Je souffre, comme s'il pinçait les bords de la plaie et qu'il les déchirât à la façon d'un vieux carton qu'on jette au panier.

Le docteur Dittenay parle avec douceur et sourit. Il a cette glaciale cordialité qui ne manque jamais aux petites natures. Le calme de Gillot est bien différent. Il est calme à la façon d'un athlète, qui sait avant tout exercice que ses muscles sont prêts. Dittenay est calme par mollesse naturelle et parce que l'impassibilité, corrigée d'un sourire, est nécessaire à l'exercice de son état. Ses yeux sont saillants, derrière son lorgnon aux verres libres. Ses traits sont gros et réguliers. Il est de cette classe d'hommes à l'humanité pauvre qui ne sont jamais en prise directe avec les autres hommes. Dittenay est médecin, parce que la médecine est une carrière libérale. Il occuperait aussi naturellement une charge d'avoué. C'est un animal domestique parfaitement dressé aux habitudes d'une profession. Il s'oriente à travers les maladies, comme un garçon livreur s'oriente dans Paris. Perdu dans une île déserte, il retournerait à l'état sauvage. Il ne serait même pas capable d'inventer une civilisation. Il n'a pas de génie. Gillot a du génie. Mademoiselle Carneran a du génie. Madeleine, la petite servante qui balaya ma chambre ce matin, a du génie. Leur présence me donne une illusion de recommencer ma vie, me délivre du passé. Ils apportent en moi la même espérance illimitée que la décision d'un lointain voyage. Ils rafraîchissent ma curiosité humaine, autant que si j'entrais dans une ville inconnue.

Gillot m'aurait fait mal dix fois davantage que je lui aurais offert ma souffrance en hommage. Mais quand Dittenay quitte ma chambre, c'est la sonde cannelée qui s'en va, et rien de plus. Dittenay n'est qu'un objet humain...

L'incision, que Gillot a donnée dans ma tempe, a évacué le pus contenu dans l'abcès. Elle ne pouvait guérir l'otite. Dans l'après-midi, je recommence à sentir les mêmes élancements au fond de l'oreille, la même tension jusqu'à l'écartèlement, dont je souffris tant avant mon entrée dans la maison de santé.

Des coups frappés dans ma tête se mêlent et se répercutent. C'est le bruit des grands chantiers maritimes, quand, sur la coque d'un cuirassé, les marteaux, frappant les boulons, éveillent au métal des sonorités grinçantes et tremblées, qui d'abord éclatent au choc, puis se propagent, plus libres et plus souples, et se croisent et s'entrecroisent, se combinent et s'entre-nourrissent, comme si elles étaient les notes d'une cyclopéenne symphonie. Il y a un chantier dans mon oreille. Et chacun des coups qui frappent l'invisible métal broie je ne sais quoi dans ma tête.

Il se fait un silence, comme si on avait sonné une interruption du travail. Le mélange et le rythme des sons était si bien celui de mille marteaux bosselant une immense plaque de métal, que j'ai vraiment l'idée que les ouvriers sortent pour aller déjeuner.

La douleur change brusquement, comme un

numéro de cirque succède à un autre. Je ne pense pas au cirque où nous allons en spectateur qui flâne. Je pense au cirque de notre enfance, qui nous apparaît comme absolument distinct de notre vie à nous, invariable et prévue. C'est une sorte de monde renversé et cependant réel. Des femmes roses y trouent des cerceaux blancs entre les deux temps d'un galop de cheval. Des hommes y marchent la tête en bas. C'est le monde où les bêtes parlent.

Il y a dans l'extrême souffrance une joie semblable à celle de l'enfant au cirque. On passe dans un autre monde. Je ne parle pas de la souffrance, objet d'analyse. Il ne s'agit pas de ce reploiement qui fut l'attitude professionnelle des romanciers psychologues. Ils n'ont d'ailleurs jamais analysé la souffrance physique, trop simple pour leurs méditations et bonne tout au plus pour des goujats.

La souffrance physique, si elle est suffisamment prolongée, puissante et variée – je ne parle pas d'une monotone rage de dents ou d'une colique poignante et convulsive – la souffrance physique peut être un spectacle. Et non pas un spectacle factice qu'on se crée.

On ne la regarde pas, à la façon dont les écrivains ont regardé leur âme, en clignant des yeux comme pour distinguer un petit objet éloigné. Elle est un spectacle véritable, comme la mer en tempête ou comme un rapide qui passe devant nous, quand nous rêvassons sur le banc d'une gare de village. Elle est en nous, mais, rompant notre habituel équilibre, elle nous surpasse et s'impose à nous, comme le spectacle le plus tangible et le plus provocant.

Le bruit des grands chantiers s'étant donc apaisé, il y eut comme le tournoiement vertigineux d'une formidable roue dentée dans ma tête. Puis le mal devint moins régulier, plus oscillant, tantôt plus tendu et tantôt plus souple, comme la corde qui tient à la rive une barque en flottaison. Il fut irrégulier, mais d'une rage singulière à laquelle je n'étais pas encore accoutumé.

J'ai déjà éprouvé un sentiment analogue. Seulement le spectacle n'avait pas lieu dans ma tête. Je me souviens... C'est à la porte d'une ferme isolée, en Bretagne. Le chien est attaché à sa niche qui est rivée au mur. Tout le monde est aux champs. Et le chien, furieux que j'ose passer sur sa route, s'élance sur moi. Un instant je le vois dans l'espace au terme de son bond, comme suspendu à la chaîne, droite comme une barre. Puis en ressort, la chaîne se détend et semble attirer le chien vers la niche, comme s'il était une balle au bout d'un élastique. Alors il recommence deux ou trois élans semblables qui font osciller la niche et chaque fois il retombe, battant le sol. Puis il tourne, comme sur une piste, comme si sa chaîne était une longe. La chaîne se tend et se distend. Parfois elle s'enroule et s'emmêle autour du crampon qui la tient à la niche, et ses anneaux meurtris les uns contre les autres font le même bruit que s'ils se sciaient les uns les autres. La chaîne maintenant semble mouvoir le chien comme un projectile. Le collier arrête le chien et l'étrangle. Il repart furieusement et on ne sait comment il peut, dans ce minuscule espace, malgré l'interruption, à chaque tour, de cet étranglement, galoper sans arrêt et lancer son aboiement rauque.

La chaîne et le chien sont dans ma tête.

Je saurai maintenant distinguer mon mal, selon que j'aurai dans ma tête un chien furieux ou un atelier de constructions navales.

Pendant la première heure, la douleur m'agita. Mes mouvements la fuyaient... Quelqu'un qui me regarderait et ne saurait pas que mes mouvements et mes contractions sont les signes de la douleur me trouverait très comique. Mes mâchoires se serrent et mes dents se rapprochent, ou je mords ma lèvre inférieure, ou je ferme les yeux avec autant de force que si je voulais user l'un contre l'autre les deux bords de mes paupières. Mes doigts se remuent, mes jambes tour à tour se ploient et s'allongent. Je suis comique, comme un chien qui, couché dans l'herbe, sur le dos, les pattes en l'air, se meut avec des mouvements saccadés de son dos.

Mais la douleur devint si puissante, qu'elle m'obligea à une sorte de calme et que j'y assistai, comme on est le témoin résigné d'un cataclysme. Je suis à cette limite où il semble que la douleur ne puisse être plus forte. Elle perd alors tout caractère agressif et taquin. On sent distinctes les premières gouttes d'un orage. Mais quand l'orage éclate, on ne sent plus les gouttes, on est mouillé, on est dans l'orage. Les coups de tonnerre ne surprennent plus. Nous désirons même qu'ils se multiplient. Ainsi un instant arrive où la douleur ne décompose plus son effort, où elle ne surpasse plus ses tirailleurs, où elle fait l'assaut, où elle livre bataille comme un général qui rassemble ses unités. Alors elle entre dans la ville, elle prend possession de nous. Nous nous soumettons. Nous sommes une ville conquise dont les enfants aux fenêtres regardent passer les troupes assiégeantes. Nous prenons même à la douleur maîtresse de nous une sorte de plaisir ou plutôt nous lui devenons consentants.

Les mystiques offraient leur souffrance à Dieu. Un homme courageux devant le mystère et devant la vie offre sa souffrance à la nature. Cela n'est pas seulement une adhésion spinoziste. Il y a de la part de celui qui a atteint à une belle limite de la souffrance physique une sorte d'éblouissement admiratif devant un beau spectacle.

Lorsque le mal s'apaise, je suis brisé et moulu, comme si j'avais été frappé de mille coups par tout le corps.

Il me semble qu'une charge de cavalerie a passé sur moi. Je relève la tête, avec précaution. Les fourreaux de sabre entrechoqués et les fers des chevaux heurtant le sol ne sont plus qu'un bruit lointain et unique. Les coups de sabot, par places, ont meurtri mon corps. Le blessé s'étonne que tant de fracas ne soit plus qu'un frémissement et un peu de poussière qui flotte.

Il faut à cette résignation ou plutôt à cette joie d'acceptation des conditions favorables. Il faut d'abord que la douleur soit belle et qu'elle ne nous tourmente pas par mille attaques, comme un moustique tourne autour de nous, se pose, fuit et se pose encore. Il faut une bonne santé et la certitude que la douleur est passagère. Il faut aussi cette joie blanche de la maison de santé et ces soins multipliés et précis qui la consolent, s'ils ne la soulagent.

Enfin je n'ai vraiment éprouvé le sentiment de souffrir en perfection, je n'ai jamais été le spectateur ébloui et consentant, que du jour où j'ai su que ma douleur, si elle était intolérable, pouvait être calmée par la morphine.

Au moment où je souffrais le plus, mademoiselle Carneran est entrée dans la chambre. Elle est restée un instant, tout près de mon lit, la tête un peu penchée, sous la lumière déjà diminuée. Ses yeux gris, lourds comme un ciel d'orage, me regardaient avec une pitié très douce et un sourire navré pinçait les coins de sa bouche.

Elle a posé un instant sa main fraîche sur mon

front et je suis resté immobile comme si j'espérais que toute la fraîcheur de sa main se répandrait en moi.

– Vous souffrez beaucoup, m'a-t-elle demandé.

Je répondis :

– Oui... beaucoup... mais après une hésitation, comme si je voulais évaluer avec précision la gravité de ma douleur et comme un honnête homme qui ne veut pas tromper son monde.

Le lendemain, dans l'après-midi, c'est à nouveau le fracas des chantiers maritimes et les élans tournoyants du chien hors sa niche. Je commence à avoir une expérience du mal, qui me permet de l'accueillir avec plus de sagesse, j'ai presque envie de dire avec plus de politesse. Je ne suis plus du tout l'enfant stupide qui fuit dans tous les coins, pour éviter une fessée. Je suis comme dans un salon et j'attends avec calme un visiteur redoutable.

Il vient. C'est d'abord un ridicule et agaçant personnage, bourdonnant, procédant par mille attaques brusques et sournoises. Le visiteur que je reçois n'est qu'un fou. Je suis là, attentif autant que réservé. Sans doute je ne saute pas au cou du visiteur. Mais je suis correct, prêt à l'écouter. Il entre, à pas très sourds, comme certains personnages de nos rêves que l'on n'entend pas marcher.

Et aussitôt, au lieu de me raconter, selon que les convenances l'exigent, l'objet de sa visite, il s'assied sur un fauteuil, les jambes en l'air, saute à pieds joints sur la cheminée, retombe à terre, s'avance en grimaçant vers les murs, agite les bras, comme s'il tournait deux manivelles, éclate bêtement d'un rire sonore, puis vient s'asseoir de tout son long sur le canapé dans une attitude sombre et digne. Et là, il ne dit rien, il ne répond même pas à mes questions.

Enfin, il se lève, marche droit à moi, se plante en face de moi, me jette un regard qui aussitôt me paralyse et se met à me frapper, comme s'il accomplissait une besogne, comme s'il exécutait une consigne. Ses mouvements sont d'une exaspérante régularité. On dirait d'un ouvrier, qui a son marteau bien en main et qui enfonce des clous. Il tape rythmiquement. Mais à chaque fois qu'un clou va disparaître, il donne deux ou trois coups plus violents, plus espacés, des coups de grâce.

Je ne suis plus un corps humain. Je suis une masse molle sur laquelle s'acharne le détestable visiteur. Il est devenu fou furieux. Il enfonce ses ongles en moi. Il me jette sur le plancher, me foule aux pieds, et danse sur moi une danse de plus en plus rapide et crépitante, et parfois, d'une détente violente et brusque de sa jambe, il me fracasse à coups de talon.

Le mauvais visiteur s'en va, comme un appariteur. Il a introduit une douleur plus calme et presque majestueuse. Je ne suis plus en proie qu'à des forces impassibles qui m'écartèlent. Je ne suis plus qu'un point, un être sans épaisseur et sans densité, perdu dans le lit blanc et dans la chambre blanche. Il me semble que le mal n'est plus en moi, ne m'affecte plus directement. Mais je suis entouré par lui. Je baigne en lui.

Enfin, plus de souffrance aucune. Mon corps est un désert. C'est comme si j'avais fait une chute formidable, comme si j'étais tombé du haut du ciel tout droit sur mon lit...

Mademoiselle Carneran est restée longtemps près de moi. Cela fut non pas un soulagement, mais une consolation, qu'elle ait pris la peine de me regarder souffrir. J'ai horreur de la sensiblerie. Je n'aime pas, quand je souffre, ou quand d'autres souffrent, qu'on ferme les yeux avec l'air de n'en pouvoir supporter le spectacle. C'est ainsi que sont les gens du monde en visite devant un malade. Mademoiselle Carneran n'eut pas l'indifférence aimable et cet air de vous parler du haut du quatrième étage qu'ont quelquefois les infirmières et tous ceux qui par métier vivent autour des malades. Elle me regarda. Il y avait beaucoup de noblesse dans son regard ferme, sans fausse pitié. Je puis dire qu'elle m'aida à souffrir. J'avais une grande joie à lui dire quand le mal diminuait : « Cela devient supportable. » J'ai souvent eu l'occasion de voir comme les malades exagéraient l'expression de leur souffrance. J'avais une grande joie à être précis, un peu sec, à dire sur un ton détaché : « Oui, je souffre beaucoup. Mais c'est presque amusant. »

La vérité est que je n'avais jamais souffert et que la douleur m'intéressait comme un horrible et nouveau pays qu'on visite.

Mademoiselle Carneran, tout près de mon lit, s'y appuyait de sa main étendue. Lorsque la souffrance plus aiguë contracta davantage mon visage, je saisis cette main. Et quand je souffrais plus, je la serrais davantage. Il faut avoir 39° de fièvre et souffrir dans son corps, pour sentir véritablement le secours d'une main de femme inconnue. Ni une mère, ni une sœur, ni une compagne – et je n'hésite pas devant la cruauté de cet aveu – n'auraient un pareil pouvoir de consolatrice.

Je ne sais rien de mademoiselle Carneran. Et c'est pour cela que cette caresse humaine est d'un si haut prix et si absolument émouvante. Une mère, une sœur, une compagne sont nos gardes-malades naturelles. Il n'y a pas dans leur tendresse ou leur dévouement l'imprévu qui satisfait notre goût du miracle. Je pense à des histoires bêtes de soldats épousant des ambulancières. Et la fièvre me donne un énorme pouvoir d'attention. Dans la vie, nous n'osons pas regarder les mains des femmes inconnues avec trop d'obstination. Les mains se dérobent et ont leur pudeur. Les yeux mi-clos, la tête remplie de bruits barbares et d'éclatements fulgurants, comme si des projectiles partaient et s'arrêtaient au sommet de mon crâne, je regarde cette main, un peu raidie, qui se prête et ne se livre pas. Elle est fine et sèche, anguleuse aux articulations. Elle est douloureuse et volontaire, sans aucun effilement souple, sans aucun passage arrondi.

Enfin elle est propre. J'ai déjeuné un jour avec une femme de lettres aux ongles rosis de carmin, et je ne pouvais m'empêcher de penser que cette dame aurait bien pu se laver les mains avant de se mettre à table. La propreté d'une main d'infirmière soigneuse garde comme la fraîcheur de l'eau. Une main soignée de femme du monde n'est presque jamais que nettoyée. Il faut avoir touché du pus ou baigné des typhiques, pour avoir les mains propres.

Quand la douleur s'accroît, je serre cette main comme un naufragé se cramponne à une épave.

Je pense alors que ce contact peut être désagréable à mademoiselle Carneran. J'ai la fièvre, j'ai la tête enveloppée d'un pansement. Je suis le blessé des images, mais pas du tout le bel agonisant pâle, qui prononce de nobles paroles. Alors j'abandonne cette main qui me sauvait, avec l'héroïsme d'un naufragé qui lâche le bord du canot auquel il se cramponnait, pour ne pas faire chavirer les naufragés qui sont à bord.

Je me souviens de la belle infirmière, qui me garda, quand je me réveillai après l'opération. Elle se défendait par le jaillissement de sa force calme. Je ne puis dire qu'elle me repoussait. J'étais près d'elle comme devant la mer, comme devant un autre élément. L'infirmière qui m'accueillit le jour de mon arrivée me soigna comme on déplace un objet délicat qu'on ne veut pas briser, mais qui ne vous appartient pas. Ses yeux regardaient ailleurs. Mademoiselle Carneran est toute différente. Elle ne semble pas exercer un métier. Ce qui se passe dans le lit de la chambre n° 2 ne lui est pas étranger. Elle veut savoir si je souffre moins ou davantage. Non qu'elle me pose d'obsédantes questions. Mais ses yeux s'agrandissent, comme si elle avait peur que ma souffrance augmente.

Je lui demande :

– Pourquoi êtes-vous si gentille?

Elle sourit comme si elle ne comprenait pas.

– Qu'est-ce que ça peut bien vous faire que j'ai mal... ?

– Quelle question!

– Dans le chambre 2, dans la chambre 3, dans toutes les chambres de cet étage, dans toutes les chambres des autres étages, il y a un malade. Et ce malade souffre. Il fait son métier de malade un peu mieux, un peu plus mal, selon qu'il geint plus ou moins... Mais qu'est-ce que ça peut bien vous faire?

Elle me répond très doucement :

– Il ne faut pas parler... Cela vous donnerait plus de fièvre...

On décide de me faire une piqûre de morphine. La douleur disparaît en quelques minutes, laissant comme une empreinte d'elle-même. Elle ne s'en va pas comme quelqu'un qui prend la porte pour de bon, mais comme quelqu'un qui va se coucher dans la pièce à côté. Si elle reparaît atténuée, on dirait qu'elle a mis des pantoufles.

Quelle paix! dans ce lit souple et ferme, dont le matelas pose sur des lattes d'acier, mon corps a pris l'habitude de s'étendre avec obéissance. Mes yeux prennent maintenant à toute cette blancheur inondée de clarté le même plaisir que j'avais auparavant à contempler le demi-cercle qui ferme l'horizon marin. Si je suis seul dans ma chambre et que je m'assoupisse, je suis comme dans les limbes. A peine si je me souviens de ma vie, que je vois derrière moi comme une course haletante. Ainsi je me suis parfois reposé sous un arbre, au bord d'un chemin, quand inondé de sueur, je laissais ma bicyclette piquer au sol un bout de son guidon; ainsi, dans une sorte d'engourdissement, je fermais les yeux, goûtant un étrange plaisir à oublier l'étape à franchir encore. Ou bien par la fenêtre entrouverte, je regardais le ciel avec une inlassable attention, comme si j'espérais qu'il allait s'entrouvrir. Ce fut, les premiers jours, un ciel poussiéreux de septembre, qui, à partir de la fenêtre, flottait comme la toile souillée d'une baraque foraine. C'était un rectangle de ciel. Et ce ne fut que plus tard qu'il devint un vivant compagnon, mon grand voisin d'en face.

Je n'ai aucune curiosité de ce qui se passe hors de la chambre blanche et du rectangle de ciel que j'aperçois de mon lit. Mais lorsqu'on entre dans ma chambre, il me semble que mon esprit s'inquiète, d'autant mieux que mon corps est immobile. Quiconque entre, flotte auprès de moi, avec bienveillance. Je repose sur mon lit comme sur un nuage. Les heures... elles ne tournent pas au cadran de ma montre, glissée sous l'oreiller le plus bas. Elles sont vivantes.

Sept heures, ce n'est ni un chiffre romain ni un cran du temps; c'est la veilleuse de nuit, avec la jolie fatigue de son visage d'aube grise, qui entre et prend le thermomètre dans l'éprouvette et me le donne.

Huit heures, c'est Madeleine, la petite servante en blouse bleue à fins carreaux, comme les tabliers des petites filles, apportant le déjeuner : café au lait et deux tartines.

Le vrai matin entre avec mademoiselle Carneran, dont le visage est plus triste quand il ne s'est pas encore échauffé aux travaux du jour. Le matin est un cercle qui se ferme à midi et que remplissent la toilette et la visite du médecin. Mademoiselle Carneran approche du lit une cuvette d'eau tiède et lave la partie de mon visage que le pansement laisse libre.

Midi, c'est le chariot qui roule dans le couloir avec les aliments.

L'après-midi, jusqu'à deux heures, est du temps bien mou. Mademoiselle Carneran vient parfois. C'est l'heure où les infirmières n'ont à donner nul soin déterminé. Elles sont libres, si elles ne sont pas de garde, d'aller dans leur chambre.

Et puis les visites jusqu'à cinq heures. Elles apportent on ne sait quelle fraîcheur empruntée à la rue. Les hommes gardent l'odeur de la cigarette jetée au ruisseau, avant d'entrer. Et le parfum des femmes se balance avec agilité avant qu'elles ne soient assises.

Cinq heures : après le départ des visites, c'est une rentrée dans les limbes et le blanc de la chambre. Et la surveillante ou mademoiselle Carneran passent, pour prendre la température du soir.

Le dîner de sept heures, à la lampe électrique. Après le dîner, jusqu'à huit heures, ce n'est pas une heure; ce n'est pas encore la nuit. C'est la servante emportant la vaisselle.

Mais, huit heures, c'est l'infirmière de nuit qui ouvre la vraie nuit.

C'est à nouveau cet écartèlement du fond de mon oreille, ces fulgurations du centre de ma tête au sommet de mon crâne, les projectiles qui semblent traverser mon cerveau, et c'est le chien tournant devant sa niche, et c'est le bruit des grands chantiers maritimes. A cinq heures, en venant prendre ma température, mademoiselle Carneran me propose une piqûre de morphine. Mais j'ai peur de souffrir au milieu de la nuit. Je préfère retarder la piqûre et être sûr d'une nuit parfaite. Je consens à souffrir ces quelques heures. Le mal est un moindre personnage en plein jour. C'est la nuit qu'il vous accule en un creux du lit et dit : « A nous deux. » Il est semblable à ces charretiers brutaux qui n'assomment de coups leurs bêtes, que s'ils sont sûrs de n'être pas vus.

Il est entendu que l'infirmière de nuit me fera une piqûre, dès que je le lui demanderai.

De savoir que je pourrai, quand il me plaira, ne plus souffrir, la souffrance me devient plus légère. Je la trouve même un peu ridicule. Elle me fait l'effet d'un adversaire brutal et maladroit au pugilat, qui s'essouffle, qu'on laisse par moquerie s'agiter et dont on se débarrassera d'un coup précis et préparé.

Je ne suis plus livré à la souffrance, comme les premiers jours de ma maladie, dans ma chambre, à la façon d'un martyr livré aux bêtes. Il y a même dans cette certitude qu'on pourra, en choisissant son heure, la supprimer, une joie de l'esprit, une sécurité dont nous nous sentons redevables à la civilisation et qui nous lie avec elle de solidarité... C'est un sentiment analogue à celui que j'éprouvai en entrant dans la salle d'opération. Un sauvage à qui l'on ferait une piqûre de morphine, n'aurait, à ne plus souffrir, que le sentiment d'un miracle... J'ai le sentiment d'une loi.

C'est à huit heures que l'infirmière de nuit prend son service. Je mets une sorte de raffinement à ne pas la sonner aussitôt. Je garde ma douleur, comme on porte à bout de bras un haltère qu'on a décidé de tenir le plus longtemps possible. Je ne sonne qu'à huit heures et quart.

L'infirmière de nuit, la « veilleuse », c'est mademoiselle Sirvaine, qui me reçut le jour de mon entrée dans la maison. Je sonne. Je l'attends. Elle entre, et elle est dans le silence absolu de la nuit commencée et dans la chambre lisse où la lampe électrique jette un rayonnement raidi, une apparition toute blanche. Et voilà ce que je n'avais pas prévu : la nuit, la nuit dans la chambre lisse et blanche, devient un élément. La solitude est aussi émouvante que si nous étions tous deux dans une barque sur la mer. L'électricité ne donne pas une de ces lumières qui tremblent, jouent, hésitent et nous aident à une progressive découverte des êtres et des formes.

Mademoiselle Sirvaine, près de mon lit, est d'abord une apparition blanche. Et la voici, qui depuis quelques minutes est d'une présence toute blanche.

Je sais maintenant que, d'autres nuits, je vivrai cette minute où une inconnue, à la garde de qui je suis confié, entrera et posera, elle aussi pour la première fois, son regard sur mon visage emmailloté. Nulle musique, mêlant la plus impérieuse angoisse à la plus sereine libération, la plus effleurante flatterie à la plus hautaine gravité, n'égalera jamais pour moi cette rencontre d'un regard, cette apparition d'une personne dans l'absolu de la nuit, dans le silence de la maison, dans la blancheur presque abstraite de la chambre. La lumière lustre le mur en face de moi. Mademoiselle Sirvaine est étrangement calme et silencieuse, mince et flexible. Il y a dans sa douceur un éloignement presque cruel. Elle ne me parle pas. Ses yeux sont bleus, mais impénétrables et glacés comme un émail, fixes comme la nappe d'un lac de montagne, si bien que c'est le visage qui semble transparent et les yeux qui semblent opaques. Ils semblent agrandis comme en un portrait et sans proportion avec le visage. Ils ne se détournent pas, et quand ils se posent sur moi, ils regardent encore ailleurs... Elle n'est ni hostile ni timide. Elle n'est pas distraite, elle est absente...

Mademoiselle Sirvaine n'a pas prononcé une parole. Elle revient avec la boîte métallique enfermant la seringue et le flacon de morphine.

Je la regarde emplir la seringue en verre et je m'aperçois qu'elle la remplit, non plus d'un centigramme, mais d'un centigramme et demi...

– C'est gentil de me faire bonne mesure...

– C'est la dose qui m'a été indiquée...

Sans doute est-ce l'augmentation de la dose... La disparition immédiate de la douleur provoque en moi une émotion de gratitude. De quel baiser, quelle fée a touché le mal? Quel maître s'est fait connaître, imposant le silence... C'est un brusque silence de la douleur.

Une chaleur se répand dans mon corps. Je suis

étendu dans la paix d'une sérénité animale. Je flotte. Seul existe le moment qui succède sans effort au moment. Aucun pourquoi ne me lie, aux moments qui précédèrent, aucune inquiétude à ceux qui suivront.

Mon corps a trouvé l'équilibre de sa pesanteur. Je ne voudrais pas briser cet équilibre par un mouvement. Cette immobilité consentie n'est pas de la torpeur. Je ne puis dire qu'accomplir un mouvement serait un monde. Mon sentiment très clair est celui-ci : le mouvement est d'un autre monde.

L'ennui est loin. La variété des sentiments et des objets a disparu aussi. Je suis comme devant un désert, comme devant une mer étale. L'ennui des nuits sans sommeil, ce n'est pas assez dire que j'en suis protégé. Ainsi qu'un dieu qui se contemple, j'ai perdu le pouvoir de m'ennuyer. Si je regarde l'heure, c'est par une curiosité comme désintéressée, comme un mathématicien note le passage d'une étoile. Et voici qui me paraît incompréhensible. Dans cette perfection de bien-être, dans cette sérénité qui n'a pas de monotonie, mais de l'unité, mon évaluation du temps est complètement erronée. Il y a juste une heure et demie que mademoiselle Sirvaine m'a fait la piqûre. Et je jurerais que la nuit est finie. Et l'heure lue au cadran de ma montre, je n'éprouve aucune déception... Je constate... Je suis hors du temps.

Hors de ce temps qu'il faut créer, pour bâtir, comme un mur moellon à moellon, la nuit, minute à minute. Ce sont les pauvres malades qui apportent à la nuit les minutes dont elle est faite. Leur supplice est qu'ils n'ont droit d'en oublier aucune. Ils poussent à la roue, ils tournent la roue de la nuit. Le malade est condamné à précéder la nuit d'insomnie, comme un chien qui dépasse son maître, retourne à lui, le dépasse encore, revient et s'élance à nouveau, faisant deux fois la route, tuant son impatience à courir en avant, contraint cependant d'attendre son maître et de fournir la même étape. Mais, quand la morphine est en nous, la nuit marche seule, distincte de nous...

Mes pensées coulent fluides et libres, aussi spontanément que l'eau d'un fleuve entre ses rives. Je n'exerce sur elles aucun contrôle. Je ne fais non plus aucun effort pour qu'elles apparaissent. Il me semble presque qu'elles flottent à quelque distance de moi, devant moi, comme cette impalpable poussière de poussières qui danse aux fenêtres, dans les rais obliques du soleil. D'ailleurs, elles ne sont pas nombreuses, ces pensées, et elles ne sont ni extraordinaires ni imprévues. Leur charme unique est d'échapper au dur mécanisme qui d'ordinaire les élabore, les oblige à paraître, les tire à la lumière. Ce n'est point elles qui sont exceptionnelles, c'est leur naissance qui est miraculeuse. Elles viennent comme une brume transparente se pose à l'horizon des prés. Et elles disparaissent, comme un son s'évanouit, sans qu'il me soit possible de les regretter ou de faire effort pour les retenir. Elles me quittent, comme si elles allaient à leur travail. Je n'ai pas cette angoisse que nous laissent les pensées qui fuient trop vite, comme un ami de passage, et que nous avons peur de ne plus jamais retrouver. Et, si je ne pense à rien, ma vie suffit à remplir ma vie, mon corps à contenter mon corps.

Ainsi jusqu'à minuit. Puis c'est une simple torpeur, semblable, en bien-être et confiance, à celle qui précède les bons sommeils. Elle dure jusqu'au petit matin, qui peu à peu envahit la nuit comme s'il tissait à la nuit une toile d'araignée; jusqu'au bruit – le premier bruit depuis la veille –, que font les berthes entrechoquées dans une voiture de laitier.

Alors je somnole jusqu'à sept heures. Mademoiselle Sirvaine vient prendre ma température. L'insomnie a tendu et empoussiéré son visage, en a diminué la transparence. Mais les yeux sont d'un plus vif éclat, encore agrandis, d'un bleu plus noir, et entre les paupières plus grises, comme un cercle de mer fermé par une plage de sable.

Elle me tend le thermomètre, sans prononcer une parole. Elle revient, regarde par transparence la colonne de mercure, met un signe au crayon bleu sur ma feuille de température; puis elle prend mon pouls et inscrit au crayon rouge le nombre des pulsations. Elle glisse la feuille de température dans le tiroir de la table. Je lui demande si elle n'est pas trop fatiguée.

Elle répond :

– Mais non.

Elle me dit : au revoir, d'une voix sans inflexion qui ne semble pas venir de son corps et que ses lèvres déposent avec précaution dans l'ouate grise du matin. Et quand elle sort, son corps droit semble glisser de la chambre au corridor.

Mademoiselle Carneran, avec une serviette trempée dans de l'eau tiède, me lave les parties du visage que le pansement ne couvre pas. Et, pendant que je me lave les mains, elle maintient la cuvette sur le bord du lit. Elle m'apporte mon verre et ma brosse à dents. Elle-même, prenant mon peigne, me peigne doucement la barbe et la moustache.

Madeleine balaye la chambre avec un balai enveloppé d'un linge humide. Mademoiselle Carneran essuie avec un torchon le marbre de la toilette et le métal ripoliné de la table de nuit. Elle vide l'urinal et emporte le seau à toilette hors de la chambre. Puis elle m'aide à me lever, à aller jusqu'au fauteuil canné qui se déploie en chaise longue. Et elle fait le lit avec une activité de sage ménagère. Elle retourne le matelas, lance les draps qui, un instant éployés dans l'espace, tombent, débordant en rejets égaux des deux côtés du matelas.

A promener un linge sur les meubles, à déplacer et retourner le matelas, à poser une alèse sur le drap, à remettre à leur place, sous la toilette, le broc et le seau, mademoiselle Carneran est vaillante. Elle affronte les objets, et les contraint à sa volonté. Pendant qu'elle s'occupe à ces soins de ménage, elle fronce les sourcils et l'on ne sait si son visage exprime de l'attention ou de la sévérité.

Nous causons. Nous sommes, elle et moi, en confiance. Cela est venu tout naturellement. Elle s'est intéressée à ce malade, qui souffre plus que les autres et qui ne veut pas geindre; elle s'est étonnée de la gaîté que la maladie créait en moi. J'ai aimé tout de suite sa réserve naturelle, cette réserve sans hostilité, sans basse timidité et qui n'est ni défiance ni défense, mais dignité envers soi et politesse envers les autres.

Elle parle avec des mots très simples. Sa voix à la fin de chaque phrase se perd en une hésitation un peu tremblante.

De mon lit, je ne vois, par la fenêtre large ouverte, que le ciel, éclairci d'un soleil maigre, le ciel gris du Paris de septembre, sensible et tendu comme un visage inquiet.

Il ne faut pas médire des conversations sur la température. Les mots ne sont rien que ce que nous y mettons. C'est en parlant du temps qu'il fait que mademoiselle Carneran et moi apprenons à nous connaître.

– Il ferait si bon à la campagne, lui dis-je.

Nous parlons de la mer et de la montagne, comme des baigneurs qui ne se connaissent pas et causent un jour de pluie dans la salle à manger d'un hôtel. Puis peu à peu c'est notre mer et nos montagnes que nous échangeons, c'est un peu de nous-mêmes, un peu de nos préférences les plus générales. Car il y a, de sa part comme de la mienne, un souci de feindre de ne pas parler de soi. Nous donnons à toutes nos phrases l'aspect de jugements équitables.

– La campagne, mais loin... pas les environs de Paris.

– L'automobile... l'air qui vous fouette le visage.

Sa tête se dresse un peu, ses yeux se tendent, comme s'ils fouillaient au plus loin de la route, et vacillent d'une gaîté fugitive, et sa bouche, ayant souri, redevient grave.

La porte s'ouvre. Je devine Gillot. Dans mon immobilité de malade au lit, je reconnais diverses façons d'ouvrir la porte. Les infirmières ou la surveillante, après avoir tourné le bouton, la meuvent des bras appuyés, ou de l'épaule avançante, et, le corps un peu tourné, passent en frôlant le montant. Elles ont si souvent un plateau, une assiette ou une tasse dans les mains, ou poussent si souvent le chariot à pansements, qu'elles ont pris l'habitude d'ouvrir sans presque user de leurs mains, comme on se fraie un passage à travers un fourré. Et la nuit, quand elles passent ainsi, avec des mouvements silencieux, elles glissent comme de blancs fantômes et n'ont pas l'air de marcher. Madeleine et les autres petites servantes donnent un tour brusque au bouton, attendent, même si l'on a crié : « Entrez », comme si elles allaient faire une farce. Les « visites » entrent avec hésitation, avec la peur de se tromper, malgré tous les renseignements qu'on leur a donnés, et la porte semble décrire un zigzag plutôt qu'un demi-cercle. Mais Gillot ouvre d'une seule poussée et entre comme s'il avait fait une brèche. Il entre en vainqueur.

– Bonjour, mon ami.

Sa voix est rapide. Les syllabes ont un air de cavalcade. Chaque fois qu'il vient dans ma chambre, il me semble qu'il accomplit le miracle de guérir le paralytique. On dirait aussi qu'on vient d'ouvrir les fenêtres, toutes les fenêtres, toutes grandes, d'une chambre depuis longtemps sans air.

– Cela va mieux, beaucoup mieux... dit-il.

Et tout à coup, à la reconnaissance vague que je pouvais avoir pour lui, s'ajoute une idée, simple et claire comme une image :

Il m'a sauvé la vie...

Cet homme m'a sauvé la vie.

Il y a un homme qui m'a sauvé la vie.

Donc entre lui et moi, il y a ce lien, pour tous les jours que je vivrai désormais. Il m'a sauvé la vie et non par un avertissement. Il s'est mis devant moi. Et c'est avec ses mains... La marque en est sur ma tempe, le coup de sabre... La cicatrice en restera. Comme un soldat aux ambulances revoit le visage du soldat ennemi qui lui fendit le crâne, avec une pareille force je me souviendrai de son visage.

Lien matériel entre lui et moi, direct comme l'amour et la maternité. Un ami qui vous aide, un médecin qui vous soigne agissent ou conseillent. Mais lui eut ma vie entre ses dix doigts, ma vie que je lui avais confiée...

– Au revoir mon ami...

Mon ami, mot de passe et de cordialité qu'il dira dans d'autres chambres à d'autres opérés. Et cependant, son ami... oui son ami.

Mademoiselle Carneran m'annonce que, cet après-midi, elle sortira. Elle me prévient que j'aurai pour quelques heures une autre infirmière. Elle semble éprouver un peu du regret qu'éprouve une mère à confier son enfant à une étrangère.

– Vous devez être contente, lui dis-je... Ne plus voir de malades... ne plus entendre de gémissements, ne plus contempler ces visages de suppliciés que prennent ces cabotins de malades. Ah! comme vous devez détester les malades... Moi, à votre place, j'en aurais l'horreur... Ce sont des brutes, d'infectes brutes. Ils ne pensent qu'à leur maladie, à leur fièvre, à leur souffrance, aux paroles du médecin... Hier j'ai souffert un peu moins... Ça me faisait mal un peu plus bas, un peu plus haut... Tenez... moi... je ne pense qu'à ma maladie... ou à rien du tout. Et ce n'est pas qu'ils pensent à leur mal qui me semble dégoûtant, c'est qu'ils veulent que tout le monde y pense aussi... Vous devez vous sentir submergée, engloutie, étouffée sous le poids de leurs doléances, de leurs plaintes, agacée par cet air d'objets fragiles et précieux qu'ils prennent, quand on les touche ou qu'on les déplace... Ce sont de sales cabots.

Elle sourit et me répond :

– Mais je vous assure que j'aime beaucoup les malades...

– Mais c'est une maladie... ça, d'aimer les malades...

– Et cet après-midi, je vais voir une de mes anciennes malades.

– Vous avez une excuse... elle est guérie.

– Pas du tout... elle va mourir.

Je me tais. Mademoiselle Carneran est triste. J'ai le sentiment qu'elle use sa tristesse à la maladie et aux malades. Toutes les autres infirmières sont gaies. Mademoiselle Carneran me fait penser à la religieuse des romans qui a pris voile parce que son fiancé était mort à la guerre ou avait épousé une Américaine...

Nuits admirables... J'ai déjà dit que mon lit était en face de la fenêtre. Le ciel est mon grand voisin d'en face. Si la nuit est sans lune, il est discret et se fait oublier, comme un ami qui dormirait près de moi. Mais par les nuits claires, il m'offre le passage de ses nuages cachant la lune et cachant les étoiles, comme une danseuse courbe une écharpe parfois autour de sa tête. Le ciel et les nuages deviennent des compagnons véritables. Si souvent, la pauvreté, Lina Montalina, les somnambules extra-lucides, le directeur de la *Vie industrielle et artistique* sont entre nous et les plus beaux spectacles. Mais ici, je suis seul avec le ciel, et sa lune, et ses nuages. Quant aux étoiles, je n'en parle pas, parce qu'elles sont des clous de tapissier à tête dorée. De temps en temps, le bon Dieu en sort une de sa bouche tordue, pour la clouer au ciel. Les étoiles ont été salies par les poètes. Il nous faut un effort pour les penser proprement. Elles ont été maniées par les romancières de beuglant, aux doigts gras, elles sont devenues le symbole de la gloire humaine. Elles sont au collet des généraux. Les financiers, les hommes politiques et les cabotins ont tous une étoile.

Je suis seul avec le ciel, sa lune et ses nuages.

Je suis seul avec la chambre, avec sa blancheur, avec son silence, avec le silence aussi de la maison, silence plus vaste, enveloppant le silence de la chambre.

Les mots que prononce la veilleuse y prennent une sonorité étrange et qui se prolonge.

Et chaque jour désormais, dans la flottante heure grise entre sept et huit, après la disparition de Madeleine emportant les assiettes sur le chariot, j'attends que la veilleuse prenne son service, installe la nuit et peut-être la crée. Je pense à cette veilleuse inconnue qui apparaîtra au côté de mon lit et la voix soudain naîtra dans le silence, jaillissante ou timide.

De celle qui viendra ce soir, je ne sais que le nom. Chaque jour je demande à mademoiselle Carneran le nom de la veilleuse, et ce nom jusqu'au soir suffit à m'occuper.

L'infirmière de jour vous soigne, mais l'infirmière de nuit, la veilleuse, inévitablement se livre. Quand la nuit est venue, c'est comme si au terme d'un voyage, j'avais été transporté dans une maison morte au centre d'un désert entouré de déserts, une maison comme en racontent les *Mille et une Nuits*, une maison toute blanche dans la nuit grise ou bleue, une maison dont les murs et les cloisons et les portes sont en blancs pétales, une maison visible dans un jardin obscur comme un drap sur un buisson.

Et l'instant où la veilleuse entre dans ma chambre est semblable à celui où le fils du Sultan rencontre dans le pays nouveau le premier habitant.

Que sera la veilleuse de ce soir, mademoiselle Tonacci?

Mince et longue, elle entre d'un pas rapide, avec une ardeur de jeune chèvre. Son visage est lisse, et creusé, en courbes très douces, sous les yeux et aux tempes. Elle n'a pas vingt-cinq ans. Ses cheveux sont d'un noir mat, opaque, sans reflets.

Elle me fait ma piqûre.

A minuit, je n'ai plus de citronnade. Je sonne. J'entends un pas rapide et feutré dans le couloir. Elle se frotte les mains et ses épaules sont un peu serrées. Elle porte avec elle le froid du couloir et le froid de l'insomnie.

Elle laisse la porte entrouverte.

Une toux, dans le couloir, se traîne et cahote quelques secondes. Elle se penche dans l'entrebâillement de la porte avec inquiétude.

– J'ai peur, la nuit, quelquefois... me dit-elle.

Elle me parle maintenant pour se rassurer. A chacun des trois étages de la maison veille seule une infirmière de nuit. Les autres dorment au quatrième étage dans leurs chambres.

– Peur de quoi?...

– Peur de rien... Si, l'année dernière... dans la chambre où vous êtes... il y avait un vieux... qui sonnait... qui sonnait toute la nuit... Il rongeait une croûte de pain... il buvait une topette de rhum... on aurait dit un singe... Il voulait à boire... toujours... C'était un alcoolique... Il buvait son eau dentifrice... Un jour je l'ai trouvé buvant son urine... et toujours une croûte de pain à la main ou la rongeant... Et il riait... et il s'agitait quand j'entrais...

– Est-ce que je vous fais peur comme lui?

Mademoiselle Tonacci rit, rassurée.

Ainsi les journées molles passeront, incertaines comme l'aube grise et prépareront l'éclat, la fixité des nuits limpides. Le jour, je ne suis qu'une larve ensommeillée. Je suis un malade dans une maison de santé, un malade qui dort, qui parle ou qui souffre. Mais la nuit devant moi est tendue comme un drap blanc, comme un écran de lanterne magique, où je projette librement les mouvements agiles de ma pensée calme.

La veilleuse de la onzième nuit s'appelle mademoiselle Veuillet. Je l'attends avec cette curiosité, qui chaque nuit me révèle de nouveaux pouvoirs d'attente. L'attente d'une maîtresse qui ne vient pas est un sentiment grossier dont n'importe quelle brute, dont n'importe quel écrivain même est capable. Mais l'attente de cette inconnue, de cette personne neuve, dont je ne sais rien que son nom et qui se cachera dans le blanc costume invariable qui la mêle à la chambre blanche!

Mademoiselle Veuillet a bien trente ans. Elle est blonde, mais non pas d'un blond impalpable et poudreux, comme mademoiselle Sirvaine. Elle est blonde d'un blond sérieux, égal, comme une gerbe sous un ciel gris. Ses cheveux sont durs et nets, comme du chêne clair bien ciré. Ses yeux sont bleus, mais non pas, comme les yeux de mademoiselle Sirvaine, d'un bleu impondérable et qui semble toujours tourner vers une autre couleur; ils sont d'un bleu solide et sans transparence. Lorsque je regardais mademoiselle Sirvaine, ses yeux, s'ils ne se détournaient pas, fuyaient droit en arrière, ou se troublaient comme une eau limpide qui s'altère. Mademoiselle Veuillet me regarde, d'un regard que la bonté seule assure et raffermit, d'un regard sans reproche.

Je souffre beaucoup, quand elle arrive. C'est l'heure du chien de garde tournant autour de sa niche. Elle déplace, tapote et dispose en gradins mes oreillers. Puis elle m'aide à m'étendre et, de ses deux mains ouvertes et rapprochées, elle saisit ma tête, lourde sur ma nuque raidie, et comme un objet fragile et précieux, la pose sur les oreillers. On dirait qu'elle a choisi le meilleur creux. Elle s'éloigne un peu du lit et contemple son œuvre. Quelques minutes, la tête soutenue par les oreillers regonflés, le corps bien allongé et bien au milieu du lit, je sens sur moi la protection de ce regard.

Toutes celles qui entrent dans la chambre et qui, comme une note imprégnant le silence, apportent dans la solitude blanche leur soudaine présence, me laissent une inquiète curiosité. Quand elles sortent, quand de leur pas léger elles s'en vont, jeunes femmes souples, que j'ai reconnues pour des femmes, que j'ai imaginées dans leur vie à elles, que j'ai entourées de toutes les raisons pour lesquelles elles exercent ce métier qui les isole; quand je me suis donné cette joie de dégager du blanc fantôme phosphorescent sous la lueur faible de l'unique lampe électrique, leur personne réelle et leur apparence de femmes véritables, ma curiosité de mâle s'ajoute à ma curiosité d'homme. Je ne suis plus le blessé, le fiévreux dont la tête est enveloppée de bandelettes. Je suis l'homme qui les emportera loin des malades, et qui recommencera toute sa vie et leur vie, leur vie à chacune.

Mademoiselle Veuillet ne me laisse pas cette inquiétude.

Il n'y a rien dans son visage de cette brutalité féline ou de cette nervosité hypocrite qui nous excite au rapt. Il faut bien que je dise tout simplement qu'elle a un visage de bonté. Les visages bons sont pour nous d'ordinaire les visages ronds. Une vague et molle cordialité nous semble l'expression de la bonté. Et cependant le visage anguleux de mademoiselle Veuillet est le visage même de la bonté. Elle serait désespérée, si elle n'avait la certitude d'opposer toujours un dévouement implacable à tout ce que la vie peut lui apporter de souffrance ou d'ennui. Elle est toujours, devant n'importe quel malade, comme une mère au chevet de son enfant agonisant. Et voici que mademoiselle Veuillet, la pauvre mademoiselle Veuillet au visage triste d'institutrice fatiguée, est près de moi comme une fée toute-puissante, comme une fée parée de tous les pouvoirs et de toutes les grâces. Comment expliquer cela? Le malade immobile est un centre. Il ne se mêle pas aux mouvements de ceux qui l'entourent. Il est un juge redoutable et parfait. On apporte un pot de citronnade sur la table, on déplace un oreiller, on lui tend un thermomètre. Quel que soit le soin qu'on lui donne, il connaît la façon de donner. Mademoiselle Sirvaine se débarrasse du pot de citronnade et s'éloigne. Mademoiselle Carneran le pose si délicatement qu'on dirait, à la voir, qu'elle abandonne une parcelle d'elle-même. Madeleine, la petite servante, place soigneusement le pot en un point de la table qu'elle a visé, et s'enfuit en souriant. Mais mademoiselle Veuillet semble dire : « Voici un pot de citronnade. Je n'ai rien donné encore. Pour tout ce que je puis donner encore, je suis prête. Je ne me libérerai pas par un vague don de moi-même. Invente, si je ne l'invente, quelque soin ou quelque soulagement. Je te le donnerai, comme s'il t'était, de toujours, destiné. » Et ses mouvements, nets et doux, mais sans l'hésitation balancée qu'y apporte mademoiselle Carneran, ne sont pas ceux que la tendresse amollit, mais ceux que la bonté dirige. Tout ce que je pourrais lui demander : déplacer mon oreiller, changer la place de la lampe électrique, m'apporter de la citronnade, me faire une piqûre de morphine, elle y mettrait une si minutieuse attention, une telle hâte et un si simple consentement, qu'elle aurait l'air de s'excuser de n'y avoir pas d'elle-même songé. Elle est bien la fée, la fée qui exauce les vœux du malade.

Et ses mains un peu larges et ses bras, libres des manches retroussées, se déplacent comme s'ils répandaient dans la chambre une clarté. Ils n'ondulent pas, ils vont droit au but. Ils ne racontent pas leur dévouement. Ils font leur tâche.

Saurai-je jamais pourquoi tant de bonté si douce à tous? Pourquoi?

Mademoiselle Veuillet veillera ces trois nuits. Des paroles qu'elles m'a dites, et qui passaient sur ma fièvre comme une eau fraîche, je n'ai pas tout retenu. Elle a vécu aux Colonies, elle a accompagné ses parents qui faisaient du commerce en Turquie et en Extrême-Orient, elle a connu des lépreux. Elle a soigné des lépreux. D'ailleurs elle n'a fait qu'une allusion à ses visites aux lépreux. Elle n'a étalé aucun dévouement; ce n'était pas l'anecdote, où l'on voit à leur place les bandelettes à pansements, les plaies et les bourgeonnements, et la jeune Européenne qui, souriante, s'avance au milieu des horribles vieillards. Elle me parle aussi d'un petit neveu. J'ai envie de l'appeler Tantine.

A huit heures, mademoiselle Veuillet me fait une injection de morphine. Quelques minutes après l'injection, une caresse de chaleur se répand de mon cœur à travers tout mon corps jusqu'aux pieds, jusqu'au bout des doigts. Il semble que mon corps et mes humeurs soient d'une matière plus parfaite et plus fluide. Je perçois le mouvement de mon sang répandu, comme un liquide fertilisant, dans le réseau de mes artères et arrosant ma chair, limon d'une inépuisable richesse. Mais l'action, à cette dose, est maintenant plus lente. En vain, je cherche aussi la sérénité corporelle. Ce n'est plus que le bien-être qui suit l'absorption d'une bonne tisane chaude; une molle sueur qui ne perle point en gouttelettes, mais simplement enveloppe mon corps de tiédeur. Une sueur, non localisée, un halo de sueur enveloppe mon corps. Bientôt je suis agité. Je ne possède plus le sixième sens, que m'avait donné auparavant la morphine, le sens de l'Immobilité. Cette agitation est d'ailleurs distincte de celle de la fièvre. Elle est sans heurts. Mais c'en est fini du sentiment de sérénité et de plénitude. Je suis semblable au nageur imparfait, qui multiplie et accélère ses mouvements sans atteindre à la souple et facile flottaison.

Après le silence de la douleur ou son chuchotement pendant la torpeur de la journée, les premières tractions de la chaîne, les premiers bonds du chien, les premiers coups de marteau sur les boulons du dreadnought ont l'importance d'un premier roulement de tonnerre, lent et sourd, annonçant, par un après-midi pesant, l'éclatement libérateur d'un orage en tempête. Ce fut surtout la journée du chien. J'ai une certaine préférence pour les chantiers maritimes. J'y suis davantage spectateur désintéressé d'un spectacle puissant. Mais le chien, le chien de ferme est d'une inlassable rage tournoyante. Vers sept heures, à l'heure du dîner, il s'est couché en rond devant sa niche et ne tire plus sur sa chaîne. Je le sens qui pèse, maintenant immobile, de tout son poids, au fond de mon oreille. Je cède sous ce poids, je m'assoupis, je ne suis plus qu'une masse d'étoupe sur le lit, dans le soir qui met des moisissures grises sur les murs de la chambre blanche. Mademoiselle Carneran m'a annoncé que la veilleuse de nuit était une stagiaire, une remplaçante, qu'elle s'appelait Lilita Laudor et qu'elle était créole. Cependant c'est sans impatience que je sonne à huit heures pour ma piqûre. Je me contente d'imaginer l'apparition flottante dans le couloir et qui va se dresser près de mon lit.

Je soulève à peine la tête. Elles sont deux. Mademoiselle Sirvaine est entrée avec décision, suivie de l'inconnue un peu hésitante. L'inconnue m'éveille de ma torpeur.

A l'instant où elle entre, il me semble que ma vie commence. Les autres sont de blancs fantômes, et s'en vont à pas glissants sur les carrelages crème et gris. Ce sont des anges gardiens. Je n'ai connu encore que des anges gardiens. Elles glisseraient au plafond, comme les anges des tableaux, que je ne m'en étonnerais pas. Mais celle-ci pèse à la terre de tout son poids charnel. Mes yeux palpent les courbes gonflées d'un corps qui ne sait pas être vêtu. Mademoiselle Carneran et mademoiselle Sirvaine transportent sous la blouse leurs muscles et leurs os comme des pièces anatomiques. Mais de mademoiselle Laudor qui suit, avec attention, les mouvements de mademoiselle Sirvaine, de mademoiselle Laudor stagiaire docile, de mademoiselle Laudor qui simplement respire, le buste un peu rejeté en arrière, les seins abaissés et soulevés, un même bonheur se dégage que d'un massif de fleurs arrosé après une journée chaude. Les yeux immenses, couleur de feuille morte, s'ouvrent et sont plus solides que les fragiles paupières. La nuque courte est cependant souple. Les cheveux noirs, en leurs torsades musculaires, ont de naturels reflets d'acajou mat. Comme elle repose sur ses jambes! Et cependant elle est baignée d'indolence. La tête, un peu renversée en arrière, s'abandonne à de nonchalantes inclinaisons. Mademoiselle Laudor n'est pas encore habituée à entrer dans une chambre de malade, pour de courtes et minces besognes, tout simplement. Elle ignore s'il faut sourire ou prendre un air de gravité. Ses yeux ne savent où se poser, n'osent prendre possession du malade qui lui est confié, et regardent la surface lisse du mur. Elle retient un peu le sourire naturel qui passe sur son visage plein. Elle n'ose pas sourire aux objets, à la chambre, à moi-même. Mais ses lèvres saillantes ne se resserrent pas d'inquiétude; jointes, elles sont comme un fruit qui pend à la branche. Elles sont le luxe de la chambre. N'est-ce pas ma fièvre qui les rêve? Mademoiselle Laudor est si belle, qu'elle devient aussitôt la princesse des images enfantines, la sultane des *Mille et une Nuits*. Je ne suis plus un fiévreux dans un lit; je ne suis plus un homme qui espère une femme, je suis le héros qui lui est naturellement prédestiné. Elle est si belle qu'elle ne peut pas, de par sa seule présence, ne pas donner beaucoup de sa beauté.

Mademoiselle Sirvaine prépare ma piqûre de morphine. Elle montre à mademoiselle Laudor les traits qui marquent sur la seringue en verre la quantité du liquide. Mais elle n'est pour moi, maintenant, que la servante de mademoiselle Laudor. Elles sortent silencieusement.

Mademoiselle Laudor a passé dans la nuit commençante. Et je me pose cette question, qui suffit à remplir et balancer ma nuit : « Si je sonne, qui viendra? Mademoiselle Sirvaine ou mademoiselle Laudor? »

Quand commence la nuit suivante, toute douleur s'est apaisée. Le chien dort dans sa niche. Les chantiers sont fermés. Ma fièvre ne monte même pas à 39 degrés. Je pourrais dormir d'un calme sommeil. Mais c'est mademoiselle Laudor qui veille... Et je veux la voir encore. D'ailleurs, je n'ai pas de citronnade pour la nuit. Excellent prétexte.

Mademoiselle Laudor entre et sourit doucement. Mais elle entre, portant un pot de citronnade. Je ne la verrai donc qu'une fois. Ce n'est pas juste.

Elle est un peu troublée. Elle craint de ne savoir comment s'y prendre. Elle a peur de l'imprévu. Elle pense au téléphone, au chirurgien qu'il faudrait appeler dans la nuit. Et que fera-t-elle avant qu'il n'arrive? Heureusement, il y a les deux veilleuses des deux autres étages, qui ont de l'expérience.

– Si je ne fais pas bien tout ce qu'il faut faire, me dit-elle en arrangeant mes oreillers, il faut me le dire, je ne suis que stagiaire...

Elle avoue avec tranquillité son inexpérience. Elle ne prend pas en m'apportant de la citronnade ou en déplaçant mes oreillers cet air entendu que prennent souvent les gardes-malades : « J'ai l'air tout simplement de tapoter un oreiller, on pourrait croire que je pose sur cette table un pot de citronnade. Sans doute. Il semble que j'accomplis là des actes tout simples et que n'importe quelle femme pourrait accomplir à ma place. Mais il n'en est rien. Et vous n'apercevez de mes mouvements, que l'apparence. Un sens profond s'y cache, une diversité aussi que vous ne connaissez pas. »

– Vous souffrez toujours beaucoup? me demande mademoiselle Laudor, prête à quitter la chambre.

– En ce moment, pas du tout...

Mais j'ai une inspiration. J'ai trouvé le moyen de la revoir et je lui dis :

– Il est probable que ça va recommencer tout à l'heure...

Je ne crois pas du tout que ça recommence. Mais je sonnerai, je dirai que j'ai mal. Mademoiselle Laudor viendra. Je lui demanderai une piqûre. Et elle reviendra. Elle restera quelques instants dans la chambre. Je suis bien capable de supporter un centigramme et demi de morphine pour le plaisir de la revoir. J'éprouve un sentiment délicieux à penser qu'il me suffit de presser le bouton de la sonnette, pour qu'elle apparaissse.

J'ai un peu mal, un tout petit peu mal, à peine mal, juste de quoi apaiser ma conscience et justifier la piqûre.

Mademoiselle Laudor revient avec le flacon de morphine et la boîte métallique qui contient la seringue en verre et les aiguilles, une aiguille courte et une longue aiguille, qui ne sert que pour les injections intra-musculaires.

Mademoiselle Laudor hésite un instant, saisit alternativement par leur extrémité renflée la petite et la grande aiguille. Puis elle me demande laquelle sert pour moi d'habitude. Faut-il prendre la petite ou la grande aiguille? Elle avoue son hésitation, elle ne cache pas non plus son trouble. La voilà comme une jeune fille, dont le hasard de la guerre a fait une ambulancière. Elle baisse les yeux. On dirait qu'elle se réfugie dans son sourire.

Elle est un peu gênée. Déjà elle sait comme les malades sont exigeants. Ils gémissent ou réclament, si quelque détail n'a pas été prévu dans les soins qu'on leur donne, dans les soins qu'on leur doit. Elle craint de perdre à tout jamais la confiance du malade de la chambre numéro 2. Un malade, un sale malade, ayant bien son âme de malade, ferait réveiller un chirurgien dans la nuit, pour savoir s'il faut enfoncer dans sa fesse une aiguille de deux centimètres ou une aiguille de trois centimètres.

Ceux qui n'ont pas vécu dans une chambre blanche, ceux qui n'ont pas passé plusieurs semaines sans autre métier que d'être malade, ne comprendront pas ce que contenait de comique l'hésitation de Lilita Laudor entre la petite et la grande aiguille.

Tout est réglé, tout est prévu, pour que l'infirmière, docile au chirurgien, exécute sa consigne. Elle ne sait pas quelle aiguille il faut prendre. Mince détail. Mais dans la nuit, ses belles mains puissantes passent au-dessus de la boîte métallique et les pulpes de ses doigts rejointes s'en vont au fond de la boîte et remuent les aiguilles. C'est comme une insignifiante avarie à la machine d'un grand transatlantique. C'est une mince rupture de l'ordre qui permet au beau vaisseau qu'est la Maison Blanche de flotter dans la nuit.

Lilita Laudor est maintenant rassurée. Elle a, sur mes indications, pris la petite aiguille. Elle voit bien que je ne suis pas fâché. Elle sourit, les yeux calmes et droits. Elle est belle.

La nuit suivante, je souffre. Lilita Laudor me fait une piqûre. Par hasard la piqûre est douloureuse. Le liquide pressé par le piston de la seringue semble forcer pour trouver sa place. Il semble que Lilita Laudor enfonce dans ma peau un fil de fer garni de pointes, arraché à une clôture.

Mademoiselle Lilita n'a point acquis encore le calme de l'infirmière. Sur son visage, je lis une pitié de petite jeune fille. Elle n'aime pas voir la souffrance. Elle n'y a point réfléchi. Elle n'en connaît pas les limites. Elle ne sait pas discerner le mal supportable du mal intolérable. Elle est toujours devant moi comme une dame en automobile devant un écrasé dans la rue. Je la réconforte :

– C'est excellent, ça m'empêchera de devenir morphinomane...

Cette consolation n'a rien de bien ingénieux. Elle suffit cependant à réconforter mademoiselle Laudor.

– Vous avez le courage de rire?... me dit-elle.

Elle continue à presser le piston de la seringue. Le fil de fer enfonce dans ma peau.

– Il faudra me faire une piqûre dans l'autre fesse, pour calmer la douleur de celle-ci.

Cette plaisanterie n'est pas très drôle. Elle suffit cependant pour établir entre elle et moi une camaraderie, pour écarter de son esprit l'image d'un maussade malade ou même d'un trop douloureux malade, pour lui rendre un peu de joie et de tranquillité.

Je ris. Alors, elle aussi, éclate de rire, d'un joli rire doux et mousseux. Tout son torse est incliné vers le lit. Elle tient la seringue. Et sa tête, tandis qu'elle rit, se balance un peu au-dessus de ma cuisse nue. Nous rions du plus sain des rires. Nous avons vaincu, moi la souffrance, elle, la pitié bête. Nous rions d'un rire héroïque.

Le matin, Lilita vient prendre ma température et mon pouls. Sa petite montre d'acier bruni s'est arrêtée. Elle a apporté un énorme réveille-matin en fer-blanc, le réveil de la chambre de garde. Elle compte les secondes, tenant d'une main le gros appareil de bazar, dont le tic-tac est bruyant. Toute autre infirmière eût emprunté une montre. Lilita, prenant mon pouls, et tenant dans sa main le réveille-matin à sonnerie, le réveil inattendu, me fait penser à un clown, jouant un air sur un ustensile de cuisine. Elle-même n'est pas insensible à ce tableau burlesque. Mais quand elle quitte ma chambre, on dirait qu'elle a oublié notre camaraderie et notre gaîté de la nuit. L'expression de son visage est hautaine et lointaine. On dirait une grande dame qui vient de donner deux sous à un pauvre. Elle sort, noble comme une reine qui passe acclamée. Elle va droit à la porte. On ne devine pas sous sa blouse le trottinement actif de ses jambes. D'un seul mouvement, son corps semble se frayer un sillage vers la porte. Elle part comme un grand voilier, l'ancre une fois levée.

Et chaque nuit et chaque matin, Lilita Laudor montrera ce contraste de son libre rire et de sa hautaine gravité. Je ne crois pas que ce soit la fatigue de la veille. C'est le matin, c'est le jour, c'est la Maison Blanche qui est de nouveau une maison médico-chirurgicale et qui n'est plus un grand vaisseau blanc cinglant vers l'aube, c'est le détail de la vie dans la clarté coutumière qui de nouveau fait d'elle une correcte stagiaire.

Dire que la morphine a transformé mon lit en un hamac ne serait pas exact. Je sens la stabilité du lit sous mon corps. Ni mon lit ni mon corps ne sont bercés. Mais telle est la délicatesse de mes perceptions, leur éclat qui transforme le lit en une toute récente invention, que le lit semble sur le plancher en un équilibre parfait et subtil. C'est une impression qu'on peut avoir sur une bonne barque, peut-être aussi en ballon. Et je suis si bien que la position même de mon corps me semble une ingénieuse adaptation, voulue de toute éternité, et que tout mouvement qui la modifierait serait un sacrilège.

Bientôt cependant, le lit semble se balancer d'un imperceptible roulis, auquel correspond un roulis compensateur de mon propre corps. Mais l'équilibre de tous ces mouvements est parfait et facile. Je sais que la Maison Blanche est parfaite et qu'autour de la Maison Blanche le monde aussi est parfait, de cercle en cercle, jusqu'à ses extrêmes limites. Les meubles dans la chambre me semblent miraculeusement à leur place, comme s'ils étaient les compagnons de cinquante ans de mon bonheur. Mais ils sont nets et saisis par mon esprit comme si, dans une île déserte, je venais de les fabriquer.

Et maintenant mon corps est plus pesant. On dirait que par tous ses pores il tient au lit. Il y pèse, comme une pierre bien à plat sur le sol. Il semble aussi que mon esprit soit docile. Je pense dans un nuage. Mais si tel était mon bon plaisir, j'aurais à mon service toute la précision et tout le consentement de mes opérations mentales. Je m'amuse à cette expérience. Je délimite les objets et je pense nettement les personnes que j'ai vues dans la journée.

J'ai le sentiment que ma voix aurait une sonorité étrange dans le dur et blanc silence de la chambre. Je prononce quelques mots. Et sitôt prononcés, ils prennent une étonnante consistance d'objets. Ils volent palpables au ras des murs, à la limite du plafond.

Si un aliéniste me lit, je le supplie de ne point prendre en pitié la détresse de mon système nerveux. Je suis dans un lit de la maison médico-chirurgicale. On m'a donné de la morphine. Je regarde et j'écoute, je m'amuse de ce que j'ai. Si le même aliéniste savait comme je regardais et j'écoutais, avant d'avoir jamais pris de morphine, c'est alors qu'il me croirait fou, et d'une bien plus forte certitude.

Dans une légère torpeur, mon esprit s'abandonne. Il se laisse aller doucement, comme un enfant laisse son corps s'enfoncer dans la neige.

L'électricité n'éveille plus les objets à mes yeux. Elle est devant moi comme un élément. Je regarde sa clarté, comme on regarde, du haut d'une falaise, la mer.

Lilita Laudor est à côté de mon lit. Puis elle traverse la chambre. Elle va jusqu'à la toilette et passe devant la fenêtre. C'est elle et ce n'est pas elle. Ce n'est pas une apparition et ce n'est pas une personne. Il me semble qu'elle est là, et ce n'est pas en spectre, et ce n'est pas non plus en chair et en os. Elle se déplace aussi silencieusement qu'un flocon cotonneux dans l'espace. Elle est là comme les confidents des dialogues de notre enfance. Il suffit de mon consentement pour qu'elle soit présente. Il suffirait de ma plus faible résistance pour qu'elle disparaisse.

Mais elle n'est plus là en garde-malade. Elle a choisi l'instant et le lieu favorables. Désormais les paroles que nous échangerons entraîneront nos destinées, sinon pour l'amour, au moins pour une compréhension délicate qui établira entre nous un merveilleux secret. C'est l'heure, et il n'en pouvait être une autre. Ceux-là me comprendront qui ont échangé de nobles et tendres paroles avec des femmes qui n'étaient pas là, et qu'ils avaient une fois rencontrées dans la rue, ou sur la route qui traverse un village. Ceux-là me comprendront qui ont décidé pour les paroles définitives d'attendre que la lampe soit allumée ou que l'enfant soit rentré de l'école et installé, pour ses devoirs, dans la pièce voisine.

C'est l'heure où les paroles discrètes ont toute leur pénétration. C'est l'heure où les mots sont pleins de nous-mêmes, où les répliques comme au théâtre se balancent et se compensent, et cependant sont de fidèles messagères et s'envolent, comme un oiseau sort d'un fourré, et emportent avec elles le meilleur et l'inexprimable de nous-mêmes. Je sens que ma voix est plus ferme et la sienne plus douce.

– Je vous connais... Et ce qui me rend timide, c'est qu'il faut bien que j'aie l'air de ne pas vous connaître. Il faut que je vous parle comme un malade bien éduqué à une garde discrète. Si vous saviez comme je vous connais. Et si je vous le montrais, j'aurais l'air de violer vos plus secrètes pensées, parce que ce n'est pas vous qui me les avez découvertes, parce que vous ne me les avez pas livrées, parce que je les ai prises sans votre consentement, parce que je suis un voleur, un abominable voleur.

Je me fais à moi-même les plus cruels reproches.

J'ai commis l'indélicatesse de ravir, à l'insu de Lilita Laudor, les pensées qu'elle cache le mieux, son trésor de réserve, son trésor de pudeur.

Quelles sont ces pensées?... Je m'avoue que je n'en sais rien. Mais il me semble bien que je m'en suis emparé, comme on vole un coffret dont on n'a pas encore dénombré les objets qu'il contient.

– Vous prendre la main, c'est impossible. Je suis un malade et vous êtes une garde. Je sais bien que vous êtes là par obligation de métier. Le moindre geste familier serait de ma part une goujaterie. Et cependant je vous connais et je vous aime. Et si jamais vous acceptiez, en souriant et en feignant de n'y pas croire, que je vous le dise, alors je ne serais même plus le malade à vos soins confié, je serais le « partant » de la chambre 2. Je ne serais même plus de la maison. Je n'aurais plus de pansement. Je serais l'opéré guéri dont on attend avec impatience qu'il ait cédé sa chambre à un malade à opérer. Je partirais, vêtu de mon complet qui attend dans l'armoire. Je serais un monsieur du dehors. Je vous saluerais avec un respect dont j'exagérerais les marques, pour bien vous montrer mon estime. Et vous répondriez à mon salut, comme une jeune fille réservée et comme une garde sérieuse y doit répondre, comme on répond au salut d'un monsieur qu'on ne distingue pas des autres, qu'on ne saurait distinguer. « Car nous en voyons tant des malades! S'il fallait faire attention!... » Je partirais...

Alors, parfaitement claire et distincte, j'entendis la voix de Lilita Laudor :

– Quel besoin avez-vous de partir?...

Elle prononça ces mots avec le plus admirable

mélange de pudeur et d'impudeur. Cela n'avait pas la brutalité d'un aveu. C'était à peine un consentement, plutôt un encouragement, mais si décidé, si loyal.

– Quel besoin avez-vous de partir?

Cela veut dire : Vous êtes un ingrat. N'êtes-vous pas bien ici? Seriez-vous indigne de la Maison Blanche et de Lilita Laudor qui vous écoute favorablement?

– Quel besoin avez-vous de partir...?

Elle était là et elle n'était pas là.

Au matin, Lilita Laudor entre dans la chambre. Mais j'entends le bruit de ses minces souliers blancs sur le carrelage, le bruit de ses jupes, et, si elle déplace un objet je perçois le bruit de l'objet sur la table. Et sa voix sort de ses lèvres. Elle n'émane plus d'elle-même. Elle ne voltige plus autour de sa personne impondérable.

Elle ouvre large la fenêtre. Tout devant moi, appendu dans le ciel, un globe de soleil opaque et incandescent projette un halo net, presque délimité, autour duquel le ciel d'octobre est sage. L'air entre dans la chambre, matinal et portant des odeurs de fumées.

– Il fait bon, dit-elle, avec un balancement de la voix, naturel et souple, aussi beau aussi « visible » qu'un balancement des hanches.

Et elle sort comme si de rien n'était.

A minuit, Lilita Laudor m'apporte un pot de citronnade.

Par la porte entrouverte, nous entendons le bruit d'une sonnette.

Résignée et souriante, elle s'en va vers le malade qui l'appelle. Mais avant de franchir la porte, elle me dit :

– C'est toujours les mêmes qui sonnent. Et je devine la vieille dame ou le vieil homme grincheux, qui en veulent pour leur argent, et qui, toutes les cinq minutes, sonnent la veilleuse pour qu'elle déplace leurs oreillers.

Je ne souffre plus du tout la nuit. Mais pendant une semaine j'ai réclamé de la morphine. Non par une perversion de toxicomane, mais pour voir Lilita Laudor. Je sonne. Elle entre. J'affirme que je souffre. Elle sort afin de préparer la seringue. J'ai quelques minutes d'une attente délicieuse. Puis quand elle est revenue, je la contemple, joignant la pulpe de ses doigts pour atteindre l'aiguille au fond de la boîte métallique. Puis c'est la piqûre. Le plus souvent Lilita Laudor – hasard ou maladresse – me fait très mal, mais je suis heureux, comme si j'avais obtenu un rendez-vous.

Désormais Lilita Laudor ne veillera plus. Elle aidera le jour mademoiselle Carneran. C'est elle qui le matin fait mon lit et m'apporte de l'eau pour ma toilette. Nous causons.

Par la fenêtre, elle me montre la cour nette.

– On y ferait un beau tennis.

Lilita Laudor, vous avez lu des romans mondains.

Elle a vécu son enfance aux Indes. Là-bas les femmes lisent des romans et jouent de la musique. A Paris, tout le monde travaille, tout le monde remue. Oh! comme on remue!...

Et ses paroles expriment un dégoût du travail et de l'agitation. Comme elle aimerait être étendue tout le jour!

Pourquoi cette Cinghalaise est-elle infirmière?

Comme je lui dis bêtement que sa vie de travail lui épargne l'ennui, elle me répond :

– On a toujours le temps de s'ennuyer... Le temps est *indéfinissable...*

Je suis étendu sur la chaise longue. Elle retourne mon matelas. Son bras, nu jusqu'au coude, semble fait d'anneaux parallèles, diminuant jusqu'à l'amincissement du poignet. Et au-dessus du coude, la blouse laisse encore un cercle nu, qui s'enfle comme un ventre d'amphore. Son bras rond, son bras puissant, son bras qui se déploie en pleines arabesques fait penser aux bras que peignit sauvagement, pour sa luxure, le père Ingres. Et sa voix chante câlinement. Elle ne grimace pas comme les plus douces voix italiennes qui chantent avec insistance, comme un accordéon fait danser. Et son sourire hésite...

Aller aux Indes avec elle et que des nègres l'éventent... Mais je ne puis aller aux Indes. Et chaque matin, elle arrive comme morte. Elle me parle, comme à travers un mur un voisin, avant de s'endormir, parle à son voisin. Où donc est sa vie? En quel endroit du monde l'a-t-elle laissée? Elle n'a même pas envie de jouer au tennis. Si elle avait voulu... Et les objets qu'elle touche semblent faire mal à ses doigts. Elle dort. Nul mot, nul appel ne la défriche. Elle dort. Et maintenant, après l'avoir aimée, la Cinghalaise au visage large, à la chevelure noire comme fibrée d'acajou, j'ai fini par la détester, parce que son âme est morte et décomposée, parce qu'elle est belle comme un paysage paludéen, où la vie est impossible, où les hommes et les bêtes meurent en déliquescence.

Lilita Laudor fut remplacée par une aimable vieille fille, sèche et blonde. Elle parle par aphorismes et suce chacun de ses mots, comme s'ils étaient des sucres d'orge. Gentiment d'ailleurs, elle m'exhorte au courage :

– Quand vous serez guéri, vous ne vous souviendrez même pas que vous avez souffert. La nature humaine est ainsi faite qu'elle oublie la souffrance...

Je ne souffre pas en ce moment. Si je souffrais, ces encouragements seraient abominables.

Elle regrette qu'il y ait autant de malades à l'étage. S'ils étaient moins nombreux, elle aurait le temps de me faire la lecture, pour me distraire.

Que me lirait-elle, mon Dieu!

Et quand elle sort, elle termine notre conversation par cette maxime :

– On éprouve autant de plaisir à donner qu'à recevoir...

Mademoiselle Carneran est là chaque après-midi. Son visage d'étudiante russe m'est devenu familier. Je comprends que si je venais à mourir, elle en aurait une sorte de regret. Une autre infirmière, étant de service à l'heure de ma mort, n'aurait pour moi que l'indifférente attention des gardes et des médecins. Oh! elle se comporterait très convenablement. Elle aurait ce froncement du sourcil, cette fine crispation du visage, cette immobilité du corps, décents à l'heure d'un tel spectacle. Pauvre jeune homme! Le corps droit, le bras seul mobile, elle essuierait d'un geste minutieux la bave de mes lèvres ou la sueur de mes tempes. Puis elle irait déjeuner. Elle raconterait l'événement à ses compagnes et elle l'oublierait en en parlant. Mais à m'aider à mourir, mademoiselle Carneran mettrait une sorte de tendresse.

Elle est maintenant près de moi comme une sœur ou comme une amie. Je ne suis pas troublé par elle. Mais je suis inquiet de sa pauvre vie. Si je pouvais l'aider à vivre, aussi bien qu'elle m'aiderait à mourir...!

Sa présence me paraît toute naturelle. Elle est

comme une cousine que j'aurais prise dans un roman anglais. Sa présence me plaît, mais ne me ressuscite pas. Quand survient une femme inconnue, riche d'un beau corps animal, je me sens comme labouré. C'est un coup de soc. Je m'entrouvre à la vie, comme une terre sèche, qu'a creusée la charrue, livre à la lumière la fraîcheur de son sillon béant.

Mademoiselle Carneran ne m'a fait aucune confidence. Et si je lui posais des questions sur ses compagnes, elle n'y répondrait pas. Mais elle raconte volontiers ses stages d'hôpital, décrit les détails de son service, et l'organisation de la Maison Blanche, qu'elle aime autant qu'une religieuse respecte la règle de son ordre. Elle ne raconte pas sa vie, mais elle éprouve un certain plaisir à m'en livrer, par allusion, des parcelles.

Je devine qu'elle est d'une famille aisée, dont elle n'aimait pas la gaîté épaisse. Je suis sûr qu'elle éprouve une sorte de répulsion pour le mari de sa sœur. Simplement au ton dont elle dit : « Mon beau-frère... » Je sais seulement qu'il a une propriété à la campagne. Je le vois gros mangeur, gros rieur, bien avec le maire, bien avec le curé, pinçant les bonnes au passage, les troussant, si elles veulent, mais n'insistant pas, bon mari. Il est dans les affaires.

Mademoiselle Carneran ne veut pas prendre la vie comme on la lui donne. Elle a besoin de certitudes plus fines, elle est intelligente et sensible.

Si nous touchons à des événements ou à des sentiments trop personnels, nous évitons la gêne des confidences trop intimes par le moyen des problèmes, des grands problèmes. Ils ne sont ridicules que si l'on est trois. A deux, ils deviennent l'occasion de fines confidences et d'aveux détournés.

Mademoiselle Carneran a eu, au cours de sa vie, une grosse déception. « ... Quand j'ai été à l'hôpital pour la première fois, je venais d'avoir une grosse déception. » Amant ou fiancé? On ne peut deviner. On hésite. La raideur du corps, la discrétion de la voix, l'immobilité des bras sont d'une décence un peu provinciale. La blouse semble une gaine. Et les yeux gris, les larges yeux sont d'une grande mystique ou d'une propagandiste d'imprimerie clandestine, qui mourra pour la cause.

Elle a été pieuse. Elle n'a plus la foi. Elle demande un Dieu. Elles sont innombrables ainsi.

Et voici que j'ai mal. C'est comme un écartèlement. Tout le côté droit de ma tête me semble amplifié. Qui donc tire ainsi sur ma tempe droite, ou bien est-ce ma tempe droite qui devient folle. Elle est dans ma tête comme une bête furieuse projetant des tentacules élastiques qui s'étendent jusqu'aux murs et convulsivement, par saccades molles, les frappent. Est-ce le chien tournant autour de sa niche ou bien les chantiers maritimes? J'avoue que je n'en sais rien. Et d'ailleurs cela me devient absolument égal. J'ai mal et je suis parvenu aujourd'hui à contempler ma douleur comme un spectacle. J'ai mal tout simplement. Je voudrais bien n'y pas penser. Mais mon esprit négligeant la douleur, mon larynx irrésistiblement et monotonement la raconte. Je fais : *han! han*, comme les ouvriers qui enfoncent des pavés, à chaque coup de demoiselle. Ce *han! han*, que j'entends maintenant dans la chambre, n'est guère élégant. C'est un cri de bête d'hôpital. J'ai mal.

Mademoiselle Carneran s'est approchée de mon lit. On dirait qu'elle s'excuse de ne pouvoir supprimer ma souffrance. J'enfonce ma tête dans l'oreiller, comme un crabe poursuivi plonge dans le sable. Je ne sens plus vivant que ma tempe et le côté droit de ma tête. Le reste de mon corps est absent, comme perdu dans le lit. J'ai saisi la main de mademoiselle Carneran. Je la porte à mon front, à la place de chair nue que laisse le pansement. La main de mademoiselle Carneran s'y pose ferme. La paume fraîche s'y applique. Puis elle se déplace comme par une lente ondulation et le bord de la main effleure mes cils. On dirait que la main de mademoiselle Carneran modèle mon mal et le pétrit. Puis la main à nouveau se pose à plat. Et mademoiselle Carneran est debout, contre mon lit, les yeux fixes.

Mademoiselle Carneran s'éloigne d'un pas. Sa main s'est détachée de mon front. Mais elle reste tendue sur ma tête, comme une main qui bénit. Mademoiselle Carneran hésite à s'éloigner. Alors je saisis sa main. Je tremble, de penser aux reproches, à l'étonnement ou même au consentement de son regard. Je n'oserais soulever la tête. Mais j'ai glissé sa main entre ma tête et l'oreiller. Les yeux fermés, les paupières serrées, j'appuie longuement mes lèvres au dos de sa main. Est-ce un baiser. Est-ce le remerciement convulsif d'un fiévreux?

Droite dans sa blouse, infirmière active, mademoiselle Carneran s'en va vers la porte.

Le mal s'est apaisé. Je réfléchis. Tous ces jours j'ai menti à mademoiselle Carneran. Toutes les paroles que je lui ai dites étaient véridiques. Je ne lui ai rien dit sur moi-même qui ne fût sincère. La sollicitude que je marquais à ses sentiments, à ses soucis, à ses fatigues était véritable. Mais le ton en était mensonger. Ma réserve et ma discrétion ne dissimulaient rien. Mais elles simulaient le vrai désir, absolu, animal, irraisonné que je n'éprouvais pas. Je parlais comme un amoureux qui hésite. Je mentais. On ment toujours. Pourquoi lui ai-je pris la main, comme si j'avais pendant des jours souffert de ne l'avoir pas fait? Pourquoi ai-je feint que ma réserve et ma discrétion fussent autre chose qu'un souci de bonne éducation? Pourquoi les présenterais-je comme une victoire sur moi-même? Je suis un sale individu.

Il y a une heure, je pensais : Le fiancé... l'amant qui l'abandonna ou qui lui mentit est un saligaud. Il n'a pas deviné en elle le don merveilleux qu'elle savait faire d'elle-même et ce courage qui n'est qu'aux femmes, d'accepter toute souffrance pour une joie qu'elles espèrent plus haute.

Et moi. Quand elle est là, je lui prends la main. Mais quand elle n'est pas là, j'accepte, comme de l'ordre naturel, qu'elle n'y soit pas. Je ne l'attends pas, comme on attend le matin que la fenêtre entre-bâillée s'ouvre plus grande. Je pense à elle, parfois. Mais je pense aux bras, aux jambes, au corps de Lilita Laudor. Pour Lilita Laudor, qui est un pauvre être paresseux, j'irais aux Indes. Et je ne serais pas capable d'aller jusqu'à Asnières pour mademoiselle Carneran.

Voilà bien des jours passés. Elle m'a soigné. Elle m'a consolé. Elle ne fut pas une garde; elle fut une amie; elle ne fut pas dévouée; elle fut aimante. Elle ne fut pas bonne; elle fut tendre. J'ai pris sa main entre ma tête et l'oreiller. J'ai mis mes lèvres sur sa main. J'ai été comme une vieille machine d'amour qui marche dans la fièvre. Et je n'ai même pas pris le soin de connaître son prénom. Elle est mademoiselle Carneran, garde-malade.

Je poursuis mon imbécile destinée de séducteur de colombes domestiques. J'ai raconté mon adolescence au milieu des filles. Avec elles, j'ai bondi joyeusement. Elles m'offraient joyeusement les miettes de leur vie. Une seule s'est vraiment attachée à moi. Elle avait lu Ibsen. On dirait qu'elles n'ont pas besoin de moi.

Je sais la force du désir et ce que vaut, sans lui, l'estime morale et la curiosité psychologique. Je sais bien qu'en amour on ne peut pas choisir son action comme maxime universelle. Je sais que l'amour n'est pas d'essence évangélique. Je sais qu'on n'aime pas les femmes pour leur belle âme et qu'un bracelet autour d'un bras nous émeut plus profondément qu'une parure de vertus.

Je sais tout cela. Mais qu'une vieille fille laide me montre son amour, je suis aussi troublé que si Lilita Laudor se dévêtait devant moi. Je crois à je ne sais quelle transfiguration, à je ne sais quelle résurrection, par l'amour qu'elle me consentira, par l'amour que je lui donnerai. Et je l'étreins. Et j'espère. Et j'attends. En vain. Et je la plains. Et je la hais de toute ma pitié.

Et cela est une malédiction sur moi. Partout où je passe, partout où je séjourne, une vieille fille s'éprend de moi. Et je suis convaincu qu'elle retrouvera sa jeunesse, ou que je la lui rendrai... Et je m'enfuis. Elle n'a plus jamais de mes nouvelles. Je voudrais prendre la responsabilité de tous mes actes, même de mes actes d'amour. Mais comment faire! Non... les revoir... c'est impossible. Ah! comme je fonderais volontiers un sanatorium pour mes maîtresses abandonnées!...

Je ne prendrai plus la main de mademoiselle Carneran... plus jamais. Je vais partir, partir immédiatement.

Partir... mademoiselle Carneran m'apporte un thermomètre. J'ai 39,9.

La fenêtre est en face de mon lit. Elle est le cadre d'un tableau dont l'unique motif est le ciel. Les nuages passent. Je les aime assez maintenant pour ne pas consentir au jeu de discerner la ressemblance de leurs formes. Je ne me dis pas : celui-là est un dromadaire, celui-là un lion... J'aime pour elles-mêmes leurs taches et leurs transparences variables.

Le jour, la Maison Blanche appartient à la ville. Gillot vient le matin. Le docteur Dittenay vient l'après-midi. Des amis passent quelques instants près de moi. Les gardes sont actives à des besognes désignées. Le jour, j'échange avec tous des paroles semblables aux paroles usuelles de la vie. Je sens autour de la Maison Blanche un quartier de Paris. J'entends le bruit des autos qui s'arrêtent et qui partent. Un bruit de porte, un pas net dans le couloir traversent la confuse rumeur continue, le bourdonnement lointain de Paris. Une torpeur me protège des mouvements et des bruits, qui me sont étrangers, qui me sont devenus étrangers. Mais dès la nuit commençante, quand la Maison Blanche cingle vers l'aube, les nuages sont mes compagnons véritables.

Je me souviens d'une nuit où, par mouvements et passages, ils semblaient composer un spectacle. Ils arrivent par minces languettes, comme des écailles sur le ciel. Ils passent sur la lune et semblent des éclaboussures d'or. Puis ils se groupent en larges nappes que tout d'abord traverse la lune. Mais la lune devient invisible. On dirait que sur elle on a posé un loup, puis un masque. Le nuage maintenant flotte devant elle comme un manteau déplié. Puis c'est un grand écran noir, d'un noir prodigieux et profond. Le grand nuage noir s'aplatit et couvre tout. Puis un peu de lune apparaît, comme un collier sous un voile. Et le grand nuage me fait penser au beau cavalier noir qui, sur les peintures chinoises, passe devant les arbres roses.

Et j'ai vu le soleil se lever bien mieux que du haut d'une montagne, où on a l'âme stupide d'un touriste. Ce n'est pas le soleil de bataille qui commande à ses paysages et ressemble à un Napoléon méditant, sur le front des troupes, à l'aube, avant que le combat s'engage. Pendant des semaines, le soleil s'est levé pour moi seul, comme un ami discret qui va à son travail.

Il est cinq heures et demie. Quelques camions quittent les entrepôts, quelques voitures de laitiers roulent sur les pavés leur fanfare grinçante et cahotée.

Le ciel, mon grand voisin d'en face, est d'un bleu translucide. Il porte encore sa faucille de lune et une seule étoile est posée sur lui, comme une décoration. Je distingue de mon lit le haut des maisons mangées d'ombre. C'est un déroulement de crénelures. On dirait une ville ancienne, aperçue en voyage. Ces maisons d'ombre étonneraient dans le ciel lumineux, si dans la perfection de cette heure naissante quelque chose pouvait étonner. Dans ma chambre, où seule brûle une lampe-veilleuse, on dirait que l'absence de lumière solaire, que cette lumière du ciel de nuit donne aux couleurs une vie latente, modeste et parfaite qui est seule la leur. Une tasse oubliée sur la chaise, la table devant le mur, l'armoire, tout est discrètement magnifique et s'assemble, selon des liens mystérieux.

Je me soulève un peu sur mes oreillers. Les réverbères dans la rue jettent aux murs une lueur verdâtre. Ainsi on voit une ville en contrebas, la nuit, quand on regarde par la portière d'un wagon. Ainsi elle vient à nous, d'un jet, inattendue et à jamais.

Mais bientôt le ciel pâlit et se couvre de faibles nuages, jetés comme à coups de balai. Les maisons se délimitent, en cages séparées. Il n'y a plus maintenant qu'une lueur moisie d'aube perçant la ville, et qui se glisse chez moi tristement, comme l'eau plate, qui passe d'une cour de ferme dans la chambre de plain-pied.

Ce sont souvent de mornes aubes. Parfois les pans du ciel, comme vidés d'atmosphère, semblent, au-dessus des maisons, des vitres cassées, ternies, oubliées là dans le creux des gouttières. Par le brouillard, dans le ciel ouaté et calfeutré, le soleil apparaît quelques secondes, en un disque plat, et blanc comme un masque de plâtre.

Quand l'aube met au ciel des poussières de couleurs, qui se métamorphosent les unes dans les autres, le soleil vient ensuite, simple signal sur la voie, disque rouge, puis il pâlit, monte et n'est plus au mur d'en face qu'une belle assiette en vermeil.

Souvent des litières jaunes couvrent le ciel, un peu maculées, comme si des bêtes avaient dormi sur elles. Elles disparaissent. Le ciel sous elles jaunit à plat. Deux nuages s'amusent à se passer l'un à l'autre du rose et de l'orange, deux longs nuages qui s'effritent finalement en fines aiguilles. Autour d'eux, le ciel illumine son bleu toujours davantage. Enfin, tout contre une maison de six étages se présente l'astre en globe, si semblable à un objet, qu'on dirait vraiment une lampe offerte aux hommes par un Dieu bénévole.

C'est le soleil qui le plus souvent a des airs de pauvre diable. L'aube est riche souvent de magnificences fuligineuses. Elle possède alors le ciel de ses masses épaisses et troubles qui s'amincissent en lames pleines, d'un rouge de fuchsia. Naissent des traces vermeilles, métal en fusion dans un brasier. Puis de gros nuages fumeux et mauves couvrent le ciel, troués de cette lueur vermeille. Et c'est enfin le pauvre matin, après tant de splendeurs qui l'accouchèrent.

Parfois aussi c'est le soleil qui semble vaincre l'aube. Le ciel d'octobre est si bas, si souillé qu'on dirait un front de criminel. Au Nord, un nuage lisse et noir est posé sur le ciel comme une mauvaise pensée sur un front. Soudain, entre deux maisons, on aperçoit une bande cuivrée, casserole accrochée au mur de la plus basse, pour des usages domestiques. Puis un jet vermeil chasse la casserole, s'étend à sa place, prend force et s'agrandit comme une nappe liquide. Alors, c'est vraiment la gloire du jour. Octobre aujourd'hui sera limpide.

Depuis des jours je me suis dit : « Il est possible que je meure. » Depuis des jours, j'ai vu à mes amis, aux médecins, aux gardes, un regard de joueur interrogeant la chance. Ils ne réfléchissent plus. On dirait qu'ils viennent de donner leur langue au chat et qu'ils attendent de moi-même la révélation d'un secret. C'est en moi que la vie et la mort se balancent. Sur mon visage sans doute ils liront l'avenir. Et j'éprouvais parfois une sorte de fierté à être le dépositaire de ce secret de vie ou de mort. Je pense qu'un souverain, qui pour la première fois traverse une foule en landau, doit connaître de la même façon la dignité dont il est investi.

J'ai senti la fièvre, par d'irrésistibles et brûlantes transitions, me conduire jusqu'à la mort. Mais ainsi on va jusqu'aux portes d'une ville, bien décidé à ne pas franchir les grilles de l'octroi. Ce n'était guère qu'une promenade dominicale.

J'ai médité la mort. Je me suis imaginé n'existant pas, gardant le regret de n'exister pas, emportant dans mon cercueil le souvenir de la vie, comme une bague reste au doigt du cadavre. Je me suis aussi vu âme en suspens dans les espaces. Et cette âme incorporelle, sans épaisseur ni densité, je m'amusais de ne pouvoir l'imaginer que comme une trace blanche semblable à une aile tombée des plumes d'un ange ou que sous l'aspect du corps matériel de M. Bergson. Je veux dire du corps de M. Bergson enveloppé dans sa redingote.

Aujourd'hui, je n'ai plus le temps de m'amuser en chemin. La fièvre m'a pris par la main et me tire vers la mort, comme un enfant maussade qui traîne les pieds sur le chemin de l'école.

Mademoiselle Carneran me réclame le thermomètre, avant que j'aie pu le lire par transparence. Je lui demande :

– Combien... ?

Elle me répond :

– 38... un peu au-dessus de 38.

Quand elle est sortie, je me lève, je vais au tiroir de la table, j'y prends ma feuille de température. La courbe est montée au-dessus de 40.

On a la même impression quand on se réveille en chemin de fer, ayant dépassé la gare où l'on devait descendre. La maladie est un pays.

Mon corps est à la fois lourd et flottant. Mais cette sensation n'a pas la subtilité de celles que donne la morphine. Mon corps me semble un ballon lourd, chargé de lest, qui tend à s'enlever un peu, mais que des cordes attachées à ses extrémités fixent dur à des piquets latéraux. Et ces cordes obliques sont tendues et tirent au sol.

De cinq à six heures de l'après-midi, je suis cette chose dense et flottante, cette chose qui voudrait s'envoler et que d'invisibles liens retiennent au lit où parfois elle adhère, au lit vaste comme la terre.

Je n'ai même plus le loisir de penser au chien tournoyant ou aux chantiers maritimes. D'ailleurs le mal installé dans ma tête ne compte plus. La fièvre traverse mon corps, comme si elle le corrodait, de la peau aux os. La fièvre est au creux de mes os et y travaille. Elle se fraie un chemin. Elle distend mes articulations. Cela fait plus mal que toute douleur. Car ce n'est pas une douleur qui insiste ou se commente elle-même. C'est une douleur qui s'invente continûment et qui me fait toucher à des limites inconnues du pouvoir de souffrir. Non, ce n'est même pas la fièvre. Il me semble que c'est la mort elle-même qui filtre en moi et qui bientôt aura touché le centre même de ma vie. Respirer me fait mal.

Cette fois je ne médite pas la mort, ni même ma mort. La mort est là. Elle n'a ni figure, ni apparence, ni cruauté, ni douceur. Elle est nécessaire. Elle est là, comme la mer au pied d'une falaise. Je *crois* en elle. Et pourtant, si elle n'est plus douloureuse pour l'esprit, comme elle est en mon corps, angoissante et convulsive! Je touche à de telles limites de la souffrance que j'ai le sentiment que je vais mourir par rupture, par une dissociation complète des parcelles de mon corps.

Mademoiselle Carneran est d'un côté de mon lit. De l'autre, mademoiselle Veuillet. De mes genoux ployés et soulevés, je défais mes couvertures. Je veux me lever. Mes jambes pendent à droite du lit. Mademoiselle Carneran les saisit et les pose sur le drap. Je me tourne à gauche. Je suis assis sur le lit, j'en veux sortir. Mademoiselle Veuillet me prend aux épaules et m'étend jusqu'à l'oreiller. Je ne sais pas du tout pourquoi je veux me lever. Je crois que c'est une espèce de jeu, une taquinerie de moribond. J'ai très nettement la pensée que dans des milliers d'hôpitaux, des milliers de vieux, agonisant, soulèvent ainsi leurs couvertures.

Mademoiselle Carneran, mademoiselle Veuillet... Ce sont les deux plus fragiles, les deux plus décentes, les deux plus *âme*, qui, parmi les gardes de la Maison Blanche, m'assistent pour ma mort. C'est là un signe du destin.

Le mal s'apaise. Et au creux du lit, je suis la bête à fièvre, la bête ou l'homme, ce qui meurt sur la route, oublié par la caravane.

A sept heures, mademoiselle Carneran m'apporte une tasse de lait. Je n'ai pas faim. Et cette tasse de lait me semble une faute de goût. Un agonisant n'a pas besoin de lait.

La fièvre s'atténue. Avec elle, la souffrance aussi qu'elle déposa et qu'elle vint ensuite chercher jusque dans mes os. La mort n'est plus là. La mort n'est qu'un danger, qu'un risque.

A huit heures, mademoiselle Laudor, qui a pris le service de veille, me fait une injection de morphine. La morphine ne pacifie pas la fièvre comme la souffrance. Elle est ce soir, incohérente, je veux dire qu'elle ne sait pas fixer mon corps au bonheur d'être immobile. La morphine consent bien à soulager de la fièvre, mais avec le mécontentement d'un chien longtemps choyé, qu'un nouveau maître attache le jour pour en faire la nuit un chien de garde.

La subtile morphine n'est pas faite pour garder les cochons de la fièvre, cette paysanne. La fièvre a je ne sais quelle odeur de marécage et de purin. On dirait que la morphine se bouche le nez.

Elle consent cependant à son office. Je ne souffre plus. Mais ce que j'éprouve est bien étrange. Il me semble que j'ai deux corps, l'un pesant et reposant au lit, un corps plein de fièvre, l'autre superposé et léger, flottant au-dessus du corps fiévreux, un corps allégé par la morphine.

A deux heures du matin, la fièvre et la morphine et la mort sont loin. Mais la fièvre a laissé des places douloureuses, comme des plaies et des contusions après une chute. Je me sens un fiévreux refroidi.

On m'a donné un lavement... oui, un lavement... un lavement... quoi. On m'en a donné deux. On m'en a donné trois. Le lavement dont abusent, dans la vie réelle, les poétesses plus relâchées, le lavement qui corrige cette constipation dont souffrent inlassablement les plus lyriques parmi les femmes, tient peu de place dans la littérature depuis Molière.

Je n'avais jamais pris de lavement. Je n'ai pas peur de la mort, je veux bien qu'on m'ouvre le crâne. Mais je ne sais rien de plus abominable qu'un premier lavement. Les nègres, que nos héros coloniaux écartèlent par le moyen d'une cartouche de dynamite, doivent éprouver une sensation analogue. J'ai demandé à mademoiselle Crazannes qu'on me chloroformisât avant de me donner le second. Mademoiselle Crazannes m'a répondu avec une noblesse hautaine que « ce serait bien la première fois... »

Mais si le lavement est désagréable, que la vie est donc belle et qu'elle se compose de merveilleux spectacles! C'est mademoiselle Crazannes qui, aidée de Lilita Laudor, m'administre mon lavement. Son bras, dirigeant la canule, s'infléchit doucement vers le lit. Lilita Laudor, droite et grave comme une statue, porte le bock émaillé, d'un geste annonciateur de liberté éclairant le monde. Puis son bras s'élève davantage. Son buste, penché maintenant, pose bien sur la hanche. Elle ressemble aussi aux porteuses d'amphores qui tiennent noblement leur cruche sur l'épaule. Et je tourne toute ma tête vers elle. Il n'y a plus de lavement. Je ne sais plus si j'ai ou non un intestin. Je ne distingue plus que le jaillissement de ce corps tendu, que termine ce bras dressé, qui oscille un peu, à la façon d'une fusée qui monte vers le ciel.

La poétesse du coin ne me comprendra pas. Et pourquoi donc Lilita Laudor cesserait-elle d'être belle, parce qu'elle me donne un lavement? Et la poétesse ajoutera : « Moi ça me dégoûterait de vous donner un lavement. »

Tu te calomnies, poétesse. Si, au lieu de salir du papier à écrire tes vers, tu étais infirmière, le lavement ne t'obséderait pas. Il serait pour toi une des mille réalités de la vie. Et tout de même, c'est moins dégoûtant que ta poésie ou que ton roman...

L'amour chez les femmes n'est qu'un apprivoisement. Ne dites pas qu'un lavement dépoétise ni celle qui le donne ni celui qui le reçoit. Il n'est que prétexte à nous accoutumer les uns aux autres. Un lavement vaut bien une présentation dans un salon.

Désormais, je suis digne de la magnificence des nuits de la Maison Blanche. Entre sept heures, où l'on m'apporte à dîner dans mon lit, et huit heures, où la veilleuse de nuit commence son service, l'heure est neutre. Ni la rumeur de la ville ni l'activité d'une maison qui n'est après tout que médico-chirurgicale n'ont cessé tout à fait. Et la Maison Blanche n'est pas encore le vaisseau qui flotte. A sept heures et demie, la clochette a tinté pour le dîner des gardes. Ce n'est encore que l'appareillage. Des cordages grincent. La Maison tire sur l'ancre. On accomplit les dernières tâches du jour avec hâte. Elles ne s'offrent pas à être contemplées. Les infirmières sont comme des écolières en retard.

Ce n'est pas une heure où d'ordinaire je souffre. Je n'ai pas d'autre soin que me préparer à la nuit, à la belle nuit qui, tout d'une pièce, s'étendra jusqu'à l'aube. Ce ne sont plus les nuits du début, les nuits d'après l'opération, éclatantes et dures. Ce ne sont plus les nuits où la lampe électrique projetait sur les murs un rayonnement sans merci et les faisait semblables à des murs de mosquée sous un soleil torride. Les nuits de maintenant sont bienveillantes. Je m'y prépare, comme on se prépare à l'état d'oraison. Elles sont fidèlement accueillantes et elles ont, si je souffre, la morphine pour compagne. Je goûte leur silence. Parfois, dans le lointain, un train lance un sifflement bref qui, comme un cri de crapaud, semble choir.

Le jour, les infirmières ont de fins souliers blancs, des souliers de bains de mer. Mais la nuit, elles portent des savates en feutre, qui glissent au carrelage du couloir, d'un bruit si ouaté et si doux qu'on ne pense pas que le silence soit troublé, mais qu'on a l'illusion qu'il parle.

Si quelque bruit trop dur, si la toux d'un malade évadant son cachot par la porte un instant ouverte d'une chambre, menace le silence, le silence est puissant et l'étouffe. Et de la rue, quand un bruit monte, il ne se répand pas. Il hésite et se pose, comme un oiseau après son vol.

Je goûte la blancheur qui m'environne. J'ai fait l'apprentissage de la blancheur. Je la connais. Je la possède. Les peintres connaissent les blancs, leurs qualités et leurs variétés. Mais le blanc est, dans la vie, une couleur méconnue. C'est une fade couleur de première communiante. Ou bien elle est pimpante et seyante aux corsages des femmes, ou elle est dramatique, en suaire. On ne connaît pas sa douceur et sa puissance calme.

Je possède le talisman qui fait apparaître à mon gré, au pied de mon lit, la fée en robe blanche, en robe couleur de lune. Je presse le bouton de ma sonnette électrique. Elle entre et ne dit pas : « Voici un breuvage divin. » Elle m'apporte de la citronnade. Elle entre et ne dit pas : « Je te donnerai la sérénité et ta tête reposera. » Elle frappe et dispose mes oreillers. Elle entre et ne dit pas : « Je t'apporte l'oubli et la délivrance », elle me fait une piqûre de morphine.

Infirmière blanche, je ne discute plus avec toi; je ne cherche plus à te sauver de ta pitié. Je m'abandonne à toi, parce que tu daignes être douce. Mais, avant de m'assoupir, de rêver ou de dormir, je veux réparer l'injuste pensée que j'ai eue envers toi. Je t'ai sottement comparée à une fée, mais tu n'apparais pas dans le rayon d'une lanterne magique. Ce sont d'humbles soins que tu donnes. C'est pour cela que je t'aime. Tu es bien plus belle qu'une fée, et tu es bien meilleure. On te tient presque pour une servante. Et c'est le consentement que tu mets à tes soins qui me donne un instant cette illusion magnifique d'avoir si pleinement rempli ma tâche, que l'humanité désormais n'a plus d'attention qu'à me guérir et me consoler. Tu ne possèdes pas le pouvoir de chasser magiquement la douleur. Il y faut l'application de tes mains. Il y faut ta fatigue. Pour que je m'assoupisse, tu ne dors pas. Pour que ma tête repose mieux, tu ordonnes mes oreillers. Pour que je n'aie pas soif, tu as pressé du citron dans de l'eau. Et tu souris, pour que je n'aie même pas le regret de ta fatigue. Parce que je suis malade, on a séparé la réalité en deux parts. On t'a donné la peine et à moi le repos.

C'est pour elles-mêmes que j'aime ces nuits de calme insomnie. Ce n'est plus pour la morphine. J'ai eu avec la morphine une liaison. C'est tout. Dès la première piqûre, mon corps s'appliqua au lit avec une exacte densité, également répartie. Puis je connus cet équilibre merveilleux entre la pesanteur et le flottement, sensation sans rapport d'ailleurs avec ce que nous imaginions du flottement dans l'espace, sans rapport avec la sensation banale de certains rêves, sans rapport avec le vol aérien, qui n'est qu'une gymnastique. J'ai connu aussi la sensation d'avoir un corps amolli où passait sans cesse l'aura d'on ne sait quel plaisir partout répandu, un corps d'une plus fine matière, tout en flocons neigeux.

Alors la morphine me paraissait vraiment une substance mystérieuse, un philtre. Ce n'était pas un médicament. Je donnais la plus grande attention aux doses qu'on m'accordait. Je regardais à travers le verre de la seringue si on faisait bonne mesure. Et quand venait l'heure de la piqûre, je quittais mon pyjama de jour. Je mettais une chemise de nuit fraîche. Je me préparais comme une fiancée à l'époux.

Mais bien vite la morphine fut capricieuse. Je ne fus plus, par elle, un Dieu intemporel, mais je me fis l'effet d'un petit jeune homme, maladroit en ses paradis.

Mon sang était chassé plus vite, plus chaud. Quelques heures après la piqûre j'éprouvais un chatouillement léger à l'entrée des narines, quelquefois sous les paupières, comme si on y promenait le bout d'une plume d'oiseau.

Souvent la morphine était incohérente et ne me donnait aucune sérénité corporelle. Ou bien mon corps glissait dans la béatitude d'un amollissement. Il avait des « billes partout ». Mais mon esprit ne participait plus à la fête. Ma béatitude était sans contenu. La morphine n'est plus une amie subtile, une confidente délicate. Elle ne me procure plus qu'un vague bien-être, un vague sentiment de plénitude. C'est une drogue et rien d'autre. Elle ne vient pas des *Mille et une Nuits*. Elle vient de chez le pharmacien. Quand j'en ai pris, je « suis bien ». Il ne me suffit pas d'être bien, comme un mercier de petite ville en sa boutique. Je n'ai jamais cherché ce bonheur-là, dont la torpeur morphinique devient l'image. La morphine fut d'abord une grande dame, qui me consentit d'exceptionnelles faveurs. Elle ne m'apporte plus que la sensation du mariage riche. J'en ai assez.

Sans doute elle s'amuse aussi à me chatouiller les jambes. Je ne puis pourtant pas sacrifer ma vie à cette personne, sous prétexte qu'elle me chatouille les jambes.

Je l'ai dit déjà. Alors que je ne souffrais pas, j'ai pris de la morphine, huit nuits de suite, simplement pour voir apparaître Lilita Laudor. La morphine alors insinuait en moi une agréable tiédeur. Puis elle m'inclinait à la somnolence. J'éprouvais encore quelques-uns des symptômes agréables du début, moins – et pour cause – la suppression de la douleur. Était-ce là le meilleur? Toujours est-il que, Lilita disparue, je ne prêtais plus aucune attention à la drogue que j'avais dans le corps. Elle était en moi comme un parasite auquel on s'accoutume. Une grande dame! Peut-être... mais monotone.

Elle ne m'apporte même plus ce merveilleux présent : une immobilité parfaite goûtée comme une vertu, comme une qualité admirable et exceptionnelle.

Les nuits où j'ai pour elle une rétrospective gratitude, j'en suis réduit à une sorte de politesse déférente, telle que nous la remarquons aux anciens camarades qui nous ennuient. Souvent, quand Lilita me piquait à dix heures, je luttais contre le sommeil jusqu'à minuit, pour être poli avec la morphine.

Pauvre amie, qui ne sait pas être belle même huit jours... Elle n'est même plus une grande dame, à l'âme vulgaire. C'est une vieille dame, une très vieille dame...

Quand je souffre, elle garde son empire. Un soir, après plusieurs journées de répit, j'eus de nouveau des battements et des élancements dans l'oreille. On frappait dans ma tête des coups de marteau cyclopéens. Je pourrais cependant si je voulais résister à cette souffrance. Mais je ne veux pas. La souffrance et la morphine sont deux personnes entre qui choisir. Il me paraît stupide d'aller avec l'autre : la souffrance.... m'encanailler. La souffrance est une mégère, avec un balai. La morphine la chasse. Ce n'est pas une princesse, c'est un sergent de ville.

Il y eut, comme en toute liaison, des incidents comiques. Je souffre. On me pique à six heures du soir. J'attends la vague de tiédeur qui doit passer dans mon corps. J'attends la pacification de la douleur. J'attends en vain. A neuf heures, la garde me fait une seconde piqûre. Rien... Rien... Rien... J'appelle la garde et je lui déclare que si elle s'imagine que je prendrai de l'eau stérilisée pour de la morphine, c'est pure illusion de sa part. Elle semble très sincère à me jurer qu'elle employa la solution habituelle. Je souffre toujours. Je souffre tant et si continûment qu'à trois heures du matin, la garde consent à me piquer encore. Sa docilité à me donner de la morphine m'impose ce dilemme : ou bien les deux premières injections étaient d'eau pure ou bien je suis dans un état si grave qu'on lui a donné l'ordre de ne pas me laisser souffrir inutilement. Cette troisième piqûre ne modifie pas le moins du monde l'écartèlement du fond de mon oreille et les irradiations fulgurantes qui passent dans ma tête. Et cependant, confiant en ma piqûre, j'attends que la douleur s'en aille.

Ceux qui n'ont pas souffert longtemps, dans l'immobilité du lit, ceux qui n'ont pas reçu, à de brefs intervalles, la douleur comme un hôte, ceux qui oublient trop vite et ne pensent plus à la douleur, dès qu'elle est partie, ne saisiront pas l'irrésistible comique de cette attente confiante. D'ordinaire, la douleur disparaît, sitôt que la morphine a fait, par le corps, son premier tour de garde. On l'a sentie, qui, jusqu'aux extrémités des pieds et des mains, remuait le sang. Dès cet instant, on s'en remet à elle. On fait la nique à la douleur. On a la tranquillité de l'enfant qui, menacé par un voyou, a appelé ses parents. J'attendais. Mes mains étaient attentives; mes pieds étaient attentifs; tout mon corps était attentif. Ma *cœanesthésie* était attentive. J'attendais que la morphine se manifestât. J'attendais que la douleur disparût. J'auscultais ma douleur, tout mon corps l'auscultait. Si elle feignait de s'apaiser, je m'imaginais que la discrète et capricieuse morphine voulait cette fois accomplir son office en se cachant. Mais les fulgurations recommençaient bien vite et s'épanouissaient dans ma tête en gerbes de fusée. J'ai attendu ainsi, jusqu'à cinq heures du matin. Alors je m'endormis. Mais le comique, l'irrésistible comique de l'aventure...? Vous ne le saisissez pas, parce que vous remettez votre douleur au médecin de votre quartier, pour qu'il l'examine, comme un crachat. Pendant toute une nuit, j'étais le bon clown dans l'arène qui se fie aux promesses de son cousin ou de M. Loyal et qui reçoit, au bout de tout, son éternel coup de pied au cul.

Ce que la morphine m'a donné de meilleur, je l'ai eu déjà aux heures de parfaite santé et de bon équilibre. C'est le parfait accord de mon expérience et du moment présent. Quand on se porte bien, on a son passé à portée de la main. Il ne faut pas d'effort pour le saisir. Le passé n'est alors ni indocile ni obsédant. On en use à sa volonté, comme d'un flacon de parfum qu'on respire à son caprice.

Un après-midi, je recevais la visite d'un ami. J'étais morphinisé. J'avais envie de beaucoup parler et l'on m'interdisait de parler. J'ai pu, par un agréable renversement, me faire uniquement auditeur. J'ai dit à mon ami, avec l'autorité d'un malade, comme un enfant demande une chanson avant de s'endormir : « Racontez-moi une histoire. » Et il m'a redit une jolie aventure de sa vie, que déjà je connaissais.

Et je m'associais à son récit, comme un enfant écoute une histoire pour la millième fois, parce qu'un enfant sait mettre sa vie et lui-même dans une histoire. Tous les sentiments dont je dispose venaient avec souplesse entourer son récit. Mes souvenirs de partout et de toujours se mariaient aux siens. Et c'est cela, l'amitié.

Je l'ai connue, sans la morphine. Je ne veux pas que la morphine croie me l'avoir révélée.

La morphine n'est rien sans la souffrance. La moiteur du lit, l'immobilité préparent à ses plaisirs et ne savent même pas les faire durer. La vie, la vie qui est dehors, vaut mieux qu'elle.

Le matin, si j'ai été piqué dans la nuit, j'éprouve une torpeur assez douce. Mais que cette raideur de mes membres serait cruelle, si j'étais dans la vie, que cet engourdissement serait atroce, si seulement j'étais dans la rue! C'est fini.

Le ciel de cette fin d'après-midi est d'un bleu de voyage en Sibérie, d'un bleu de méditation russe. C'est sous un ciel semblable qu'on rencontre le convoi où sont mêlés les filles et les politiques.

Voilà trois nuits que sans souffrir le moins du monde je réclame de la morphine pour me distraire. Tu me traites de toxicomane, aliéniste, mon ami. Et que ferais-tu donc à ma place? Envoie-moi ta femme et je n'en prendrai pas...

Mes amis d'ailleurs sont très inquiets. Ils sont

tous convaincus que je vais devenir morphinomane. Saunière seul est tout à fait rassuré.

J'ai un autre ami, médecin, qui prépare tristement des concours. Il m'a fait de la morale :

– Tu es un nerveux, un grand nerveux. Il ne faut pas jouer avec ça. Tu ne sais pas ce que c'est que l'accoutumance...

Et il me propose... quoi... ? De l'antipyrine.

En voilà un qui ne sait pas rigoler avec l'organisme...

Saunière, lui, connaît les poisons. Il sait bien qu'il n'y a pas la classe des névropathes et la classe des charretiers. Il sait mieux calculer la résistance d'un système nerveux. Il sait que j'accepte la vie et que j'accepterais la mort, mais que je n'accepte pas la morphine.

Mais, au fond, les autres ont peut-être raison. Qui peut jamais mesurer l'acte de foi dont dépend notre résistance aux poisons qui soulagent. L'acte de foi... qu'accomplit non pas une volonté du cerveau qui raisonne, mais l'être tout entier, puisant en ses profondeurs le désir de vivre.

L'acte de foi qu'accomplit le nageur qui lutte et qui va se noyer. Qui peut savoir celui qui luttera le mieux... ?

Cependant, on m'a apporté un sac de chocolats. Je suis autorisé à grignoter quelques bonbons. On m'a apporté aussi quelques noix confites. Ces bonbons sont pour moi plus irrésistibles que la morphine ! J'accepte le risque de l'indigestion. Mais le risque de la mort en cachexie ! La drogue abuse huit jours celui qu'elle pourrira. Quand il sait qu'il en meurt, déjà il ne l'aime plus et ne peut s'en passer. Elle l'a pris au mot parce qu'une nuit il aura dit : « Cela m'est égal d'en mourir, si c'est ainsi qu'on en meurt. » Et elle ne le lâche à la mort qu'après la suprême humiliation d'avoir fait de lui un menteur.

Je n'ai éprouvé aucune gêne d'ailleurs, à cesser complètement de prendre de la morphine. La première nuit de privation, mon courage fut surhumain : je dormis. Une seule fois, je me réveillai. J'eus bien envie de demander une piqûre. Je n'avais rien pour m'occuper l'esprit. Mais j'avais trop sommeil, je me suis rendormi.

Seul le réveil matinal fut pénible. Les nuits précédentes, après l'effet direct de la morphine, une torpeur me prenait, qui s'atténuait peu à peu et me portait tout doucement dans la lumière. Ce matin-là, ce matin d'octobre, si faible qu'elle fût, la clarté naissante me fut pénible et m'étonna. Je la trouvais sans délicatesse de venir ainsi me chercher jusque dans mon lit.

Ce sentiment de réprobation dura cinq minutes et j'eus hâte que l'infirmière, entrant dans la chambre et prenant mon pouls, apportât cette autre clarté d'une présence humaine.

L'univers tout entier, plein de formes qui s'entremêlent dans de la suie, s'étend autour de la Maison Blanche, comme une forêt pleine de monstres. Et moi-même il me semble que je suis au centre de la Maison Blanche. Les infirmières me gardent contre les monstres du dehors. Elles écartent de moi l'homme au pouce rayé de noir, l'homme au pouce d'assassin, qui baigne les typhiques dans les hôpitaux. Celles qui sont jolies sont des reines qui ont quitté leur royaume pour soigner les blessés. Et celles qui sont laides ont des visages affectueux de chiens vigilants. Et, s'il me plaît, je les vêts des étoffes qui couvrent les autres femmes. Je les dépouille de la tunique blanche, qui leur fait un vêtement si seyant mais abstrait comme un uniforme. J'imagine ma vie avec chacune d'elles, et leurs vies loin de moi, près d'autres hommes, leurs vies dans la vie. Je les devine dans leurs joies et leurs souffrances, libérées des soins exténuants et monotones qu'elles donnent aux malades. La paresse de mon esprit ne me permet d'autre rêverie que celle où les femmes entraînent. Les infirmières passent et ma pensée les suit et s'aimante vers elles. Ce n'est pas l'amour, mais cette attention qui le précède. La mort proche lui donne plus de prix. Et la beauté des femmes est la seule qui soit facile à contempler. La fièvre et l'agonie même y consentent.

Cela m'amuse beaucoup de songer que madame Archambault, qui fonda et qui dirige la maison de santé, juge et classe, selon leurs aptitudes professionnelles, ces apparitions blanches, que je laisse à mon gré flotter autour de moi ou que je transforme en femmes véritables.

Et je leur suis reconnaissant d'être restées des femmes exposées aux risques de la vie. La diversité de leurs soins s'en accroît. J'accepterais avec joie que l'une d'elles montrât de l'indifférence et même de l'ennui, pour le constraste de la tendresse et de la douceur d'une autre. Je les aime d'être laïques. Je me souviens de soins donnés par des religieuses : si dévouées fussent-elles, leur dévouement allait au-delà des malades, jusqu'à leur Dieu. C'est à leur Dieu qu'elles se dévouent. Le malade n'est qu'un objet cultuel. Elles l'entretiennent avec dévotion plus qu'elles ne le soignent avec dévouement. Le malade est un bibelot qu'une femme de ménage attentive époussette pour le service d'un maître. Je ne veux pas être un objet qu'on époussette. Je n'aurais pas de gratitude. La gratitude, c'est l'affaire du maître.

Et voici la convalescence. Pour la première fois, depuis vingt jours, je me suis levé. Je suis allé à la fenêtre. Il y a donc autre chose qu'un ciel, derrière une fenêtre. Après la cour de la maison de santé, c'est le jardin d'un horticulteur. Les couleurs passent par mes yeux, en vrilles innombrables. Les choux ont une patine bronzée. Les salades et les légumes me semblent d'un vert presque corrosif. Ils me piquent les yeux, comme si on les frottait d'une moitié de citron. Les tuiles rouges d'une baraque sont comme une grenade ouverte. Les vitres des serres sont troubles comme de l'opale. Des palmiers pour appartements et pour fêtes officielles sont alignés devant la rouille des vignes vierges.

Je n'ai plus qu'une sale petite fièvre de grippé ou de malade en ville. C'est à peine si maintenant je ne regrette pas la fièvre ardente et puissante des premiers jours, les heures lourdes et charmantes, qu'ornaient tant de menus soins, les nuits, où l'infirmière blanche passait dans ma fièvre et disparaissait, comme un mouvement de brise rafraîchit un après-midi de juillet.

J'ai fait quelques pas dans le couloir. Mademoiselle Carneran me soutenait d'une main passée sous mon épaule. Elle suivait avec précaution chacun de mes pas. « Un jeune malade à pas lents... » On eût dit qu'elle m'éveillait doucement à la lumière neuve de l'espace vaste du couloir.

Je lis sur les murs :

2e ÉTAGE
SILENCE

Les lettres ne sont pas peintes en noir, qui est encore une couleur de fanfare. Elles sont grises, couleur de sommeil, matelas pour les yeux.

Mais bientôt la Maison perdra pour moi de son mystère. Moins malade, je suis moins complètement digne d'elle. Je n'ai plus de torpeur pour aider à l'effort qu'elle fait vers le silence. Impatient dans mon lit, je m'amuse du bruit que font les chariots à roulettes, traînant les pansements, traînant les aliments, le bruit des chariots superbe comme un bruit de guerre. Je m'amuse du cri des sirènes d'usines. Je distingue le pépiement tumultueux qui vient du préau de l'école voisine. Et les chiens, ces sacrés chiens de banlieue, à mœurs campagnardes, chiens sans larbin, presque sans maître, libres, paillards, braillards dans les rues sans voitures.

Puis ce fut la convalescence aux vitres. Je vois l'école carrée et les bâtisses de six étages, qui semblent inhabitées, où jamais personne ne se montre aux fenêtres. Elles ne contiennent que des logements d'employés, qui toute la journée sont dehors. Ce sont, jusqu'au coucher du soleil, des maisons mortes, et une concierge, parfois, sur le pas d'une porte, semble l'horrible gardienne d'un palais enchanté où des princesses dorment depuis des siècles et des siècles. J'ai vu, de mon fauteuil, un palmier géant s'avancer dans la rue, s'avancer tout seul, sans que rien le pousse ou l'entraîne. D'ailleurs, en m'approchant de la fenêtre, je reconnus qu'il était posé sur un camion.

Quand je vis pour la première fois le défilé des enfants qui sortaient de l'école, ce fut le premier spectacle où remua la vie du dehors. Toute en noir, et, de là-haut, charmante, une institutrice maintient en rangs les gamines à pèlerine. Elle va d'un pas souple, la tête droite. Elle tient une serviette. Ses cheveux sont bruns sous le canotier simple. Je distingue à peine son visage aux traits longs et nets, ni rose, ni pâle, d'un teint où transparaissent des lueurs bleues d'acier. Comme je veux qu'elle soit espérante et vaillante ! Depuis quatre semaines, les infirmières, autour de moi, sont comme les fées blanches d'un harem évangélique. Celle-ci passe, toute droite dans la rue d'automne, avec la vie pour cadre. Ah ! je ne suis plus un fiévreux qui contemple, je ne suis plus un malade attentif à son mal, espérant sa morphine, espérant sa citronnade. Ah ! l'emporter... voyager avec elle jusqu'aux glaciers, jusqu'aux fjords. Et la Méditerranée ! Et la vie, toute la vie ! Mon Dieu, que d'institutrices et d'employées des postes à sauver !...

Les employées des postes, surtout. Car les institutrices risquent d'être pédantes. Je pense à tant de bureaux de postes. J'oublie les employées qui répondent de leur grimaçante voix méridionale et les vieilles postières, tristes et courtoises, comme des juments de diligence. Mais les jeunes... Je m'émeus de les voir derrière ces grillages. Ce sont des captives... Ah ! les délivrer !... Je les préfère, de tout mon cœur, aux filles des receveurs de province, qui jouent du piano dans les bourgs.

Mademoiselle Carneran me raconte une charmante histoire d'opération. Gillot a opéré de l'appendicite une petite fille de sept ans. L'enfant n'était pas en danger. On lui enlevait son appendice, voilà tout. Elle s'amusait à l'idée de l'opération. Elle riait, la veille, dans son bain. Elle jouait le matin dans son lit. On l'endormit comme elle jouait. Elle tomba « comme un oiseau ». Et, dix minutes après, en se réveillant, elle souriait à son père.

Les journées ne sont plus d'un seul tenant. Je ne suis plus étendu sur mon lit, comme sur un nuage. Je me promène dans ma chambre. Je ne suis plus un grand malade et je ne suis pas encore guéri. Je ne suis rien. Les typhiques guéris affirment que leur convalescence fut une époque admirable. C'est possible. Il est bien regrettable que je n'aie pas eu la fièvre typhoïde. L'ennui naît, surtout entre chien et loup, quand les murs blancs prennent des moisissures. Et aussi un grand besoin d'agir : je déplace mon godet à savon et ma brosse à dents dans mon verre, le thermomètre dans l'éprouvette, la sonnette mobile sur la table de nuit.

Je fais la chasse aux mouches. Un journal tordu en manche d'un côté, éployé en palette de l'autre, est mon arme. Mon bras levé reste immobile par ruse. C'est alors le grand éclatement plat du coup, sur le drap ou sur la table. Les cadavres s'entassent près de la courbe qui joint le mur au carrelage, et le souffle de la bouche de chaleur les agite et les rassemble.

J'avais à peine aperçu, pendant les jours de dure fièvre, les petites servantes qui portent un sarrau bleu, de cette étoffe quadrillée dont on fait les tabliers d'écolières. C'étaient des jours voués au blanc. Ce qui n'était pas blanc cessait d'exister, ne portait pas, s'évanouissait comme un objet mangé par la brume. Quand passaient les petites servantes bleues, sans doute je fermais les yeux, ainsi que, la nuit, dans une chambre de campagne, on tâche d'oublier le vol haletant d'un papillon maladroit, entré par la fenêtre.

Maintenant, je les vois. Celle qui vient le plus souvent est presque une fillette encore. Elle a de larges yeux clairs, et sa voix est tremblante et fraîche. Elle est jolie comme un souvenir d'enfance.

Les autres sont de petits gnomes et font penser à de petites butordes paysannes, mangeant leur tartine, abritées derrière un tas de fumier.

Et elles ouvrent les portes, circulent, roulent les chariots, apportent les repas, nettoient les chambres ou font semblant, posent partout des doigts sales et déjà déformés, hélas!

D'ou viennent-elles? Où iront-elles?

En quelle maison de bourgeois? En quel bordel à soldats?

Et l'essaim des petites servantes bleues se répand dans les couloirs.

Elles entrent dans ma chambre, si je m'assoupis, et n'ont sans doute d'autre fonction que de me réveiller.

Je feuillete aussi le catalogue de la bibliothèque, copié d'une lente écriture sur un cahier d'écolier. Le mélange des noms est amusant : Comtesse de Ségur, Lamartine, Topffer, Cherbuliez, Edmond About, Saintine, Louis Veuillot, Joseph de Maistre, François Coppée. On pense bien dans la maison. Je lis : *Examen critique de la Vie de Jésus* de Renan, par l'abbé Freppel, *Progrès de l'âme dans la vie spirituelle, Traité de l'Assurance sur la Vie, Les Outlaws du Missouri*, par Gustave Aymard, *Le véritable Esprit de saint François de Sales*, par l'abbé de Baudry.

Admirable choix : ayant progressé dans la vie spirituelle, les malades se documentent afin de contracter une assurance sur la vie. Alors l'esprit libre, en règle avec ce monde et avec l'autre, ils lisent : *Les Outlaws du Missouri...*

La veilleuse de nuit s'appelle mademoiselle Flavoni. C'est une Italienne, toute petite, dont les cheveux sont de crin noir. Ses yeux sont d'une émigrante espérant toute l'Amérique. Et ses bras et ses jambes sont mus par des ressorts à boudin très serrés. Son sourire excessif ne se répartit pas aux fossettes. On dirait qu'il déborde le visage. C'est un petit singe agressif et charmant.

Elle entre, trépidante. Apercevant un bloc de papier à lettres sur ma table de nuit, elle croit que c'est un livre. Elle dit :

– C'est oun livre...? De l'amour...?

Elle me demande aussi :

– Quand vous avez su que c'était moi qui veillais, est-ce que ça vous a fait plaisir...?

Elle n'a pas, comme les autres gardes, cet air d'agir comme en rêve ou ces gestes assemblés selon la perfection d'un métier. Le moindre soin qu'elle donne, elle semble s'y acharner.

Elle est coquette et dévouée.

Mais je suis indigne de la juger. Je suis presque guéri. Je la place trop vite dans le cadre de la vie. Je la détache trop brutalement du silence de la Maison Blanche. Peut-être ses gestes un peu brusques, qui s'assouplissent et s'adoucissent précautionneusement, si elle doit toucher à mon pansement, m'eussent-ils auparavant donné l'illusion qu'ils arrachaient ma douleur, comme on ôte une épine. Elle-même n'a devant elle qu'un convalescent. Je ne lui offre plus l'occasion d'un grand dévouement. Mon chevet n'est même plus un chevet d'agonie.

– J'aime le ciel... me dit-elle. Le ciel est poétique... Vous avez de la chance de voir le ciel, sans vous lever...

La lune passe entre des nuages.

– La lune... c'est une gentille jeune fille qui vous regarde...

Elle enlève le carré de toile qui couvre ses cheveux. Et devant la petite glace, encastrée au panneau de l'armoire, elle égalise ses cheveux. Une religieuse quitte sa coiffe.

Elle passe devant la fenêtre, regarde au-dehors et dit :

– C'est un quartier populaire...

Elle aime le lit des moribonds et les grands salons dorés avec des tapis rouges. Elle rêve de se dévouer parmi les horreurs de la guerre et de jeter nonchalamment sa sortie de bal sur une chaise longue, en rentrant d'une fête, où elle eût été la plus belle.

Et quand elle est sortie, son pas dans le couloir frappe, comme sur un trottoir provincial où les jeunes filles échangent des œillades.

Pendant que mademoiselle Flavoni était veilleuse, j'ai demandé deux fois de la morphine par simple distraction. Elle l'a soupçonné et m'a fait de la morale :

– Quand on prend de la morphine, on a le sang empoisonné... on devient fou.

Elle répète sans rémission ces deux lambeaux de phrases :

– On a le sang empoisonné... on devient fou.

Elle me donnerait follement envie de devenir morphinomane.

Elle n'écoute pas ce qu'on lui répond. Elle reprend avec l'insistance d'un jeune chien qui aboie :

– On a le sang empoisonné... on devient fou... Mon père prenait de la morphine à la fin de sa vie.

Après sa mort il est devenu tout noir... C'est qu'il avait le sang empoisonné... il est devenu tout noir...

Au fond ça m'est égal de devenir tout noir après ma mort.

Une nuit que je ne pouvais dormir, je me suis promené dans le long couloir. Je suis entré dans la salle de garde, meublée comme les chambres, mais où le lit est remplacé par une chaise longue d'osier. Cela suffit pour lui donner un air de boudoir. C'est sur cette chaise longue que le corps appesanti des infirmières repose, entre deux coups de sonnette. Un cahier est là, ouvert sur la table :

16 octobre.

Numéro 4 : deux centigrammes de morphine, si nécessaire.

Numéro 6 : bourdaine à neuf heures.

Numéro 8 : lui apporter : 1° sulfate de magnésie, 20 grammes à neuf heures; 2° le bon Dieu à sept heures et quart.

LA SURVEILLANTE...

J'entends le petit pas saccadé de mademoiselle Flavoni :

– Voulez-vous bien vous en aller?

Elle me propose de la citronnade :

– Ça vous fera dormir..., méchant...

Je l'accompagne à l'office. On dirait dans le couloir une souris qui trottine. La souris me guide dans le couloir. Elle me parle. Je la comprends.

Les armoires sont bien rangées. Elles sont pleines de linge. On pense à des armoires de campagne. Il y a aussi l'armoire aux tasses, l'armoire aux pots, l'armoire aux passoires.

Ma démarche est hésitante, presque vacillante. Je ne suis pas encore habitué à vivre hors de mon lit. Et c'est maintenant autour de moi, après tous ces jours et toutes ces nuits de blancheur immobile, une blancheur tremblante. Les tasses blanches tremblent comme les murs blancs. Et mademoiselle Flavoni blanc sur blanc, passe contre les murailles, en vol de moustique.

Une nuit, les veilleuses des trois étages furent un instant toutes les trois dans ma chambre. Simple hasard : la veilleuse du premier n'avait plus de citron, la veilleuse du troisième avait une mauvaise aiguille à injection. Elles avaient trouvé mademoiselle Flavoni dans ma chambre. Je leur offris des chocolats. Une minute leur gaîté fut charmante, en lutte avec leur gravité. Elles avaient aux épaules le froid de la nuit. Ma chambre était tiède. Elles croquaient des bonbons. Elles partirent, parce que ces idiots de malades sonnaient.

La Maison Blanche n'est plus un navire merveilleux. Les veilleuses de nuit ne sont plus les matelots larguant des voiles impalpables. Je ne suis plus l'unique passager, que sert, soigne et protège un équipage fantômal. Je ne suis plus le prince, le fils du Sultan, la précieuse cargaison. Je sais maintenant que d'autres malades sont là, qui ne sont que des malades, de sales malades qui geignent. Car le malade geint, comme la brebis bêle, comme la vache meugle, comme le cochon grogne.

Le n° 6 sonne sans cesse. Et son doigt ne quitte pas le bouton de la sonnette, tant que l'infirmière n'est pas venue. On dirait la sonnerie de l'entracte. Je l'ai aperçu un jour dans le couloir. C'est un gros homme, à viande blanche, aux bajoues molles, au ventre flottant. Il porte un pyjama d'un mauve de vaudeville. Une bague à gros diamant brille au petit doigt de sa main gauche. Il est dans la banque ou dans les affaires...

On va l'opérer dans deux jours de l'appendicite. Il ne souffre pas. Mais il vit dans l'épouvante. Avant-hier, on l'a trouvé qui pleurait dans son fauteuil de grosses larmes de veau.

Le médecin lui a recommandé de boire beaucoup, pour ses reins. Il a vidé en une minute le premier pot de citronnade que la garde lui apportait. Elle n'était pas sortie de sa chambre, qu'il sonnait, de ce coup de sonnette indiscontinu, qui n'est qu'à lui. Et quand elle fut revenue, d'un geste d'empoisonné qui demande un contrepoison, il lui désigna le pot vide de citronnade. Et il faisait un petit gémissement d'enfant qui va passer. La garde ne comprit pas. Elle crut un instant qu'un malheur était arrivé, qu'on avait vidé dans le pot de l'essence minérale, de l'ammoniaque, du sublimé corrosif. Elle saisit le pot où restait seulement un morceau de l'écorce, se plaça à contre-jour pour mieux voir à l'intérieur, en approcha ses narines, pour y découvrir une odeur suspecte.

– Qu'y a-t-il... qu'y a-t-il?... lui demandait-elle.

Mais lui ne répondait pas. Il gémissait.

– Heu... heu... heu...

Elle s'approcha de lui, lui souleva la tête.

– Où avez-vous mal?... lui demandait-elle...

Il secoua la tête pour indiquer qu'il ne souffrait pas et il répéta, du ton dont un noyé crie au secours :

– Boire... boire... boire...

Hier on lui apporta à cinq heures le thermomètre. Il le glissa dans son anus. L'infirmière brusquement indisposée est remplacée par une autre, qui oublie de venir noter la température. Le gros homme garde son thermomètre et reste couché sur le côté, attentif à ne pas le briser. On lui apporte à dîner. Il dîne, gardant toujours son thermomètre. Il passe la nuit, tantôt sur un côté, tantôt sur l'autre, soulevant son corps à la force des bras, pour changer de position. Et il attend toute la nuit, sans dormir, le thermomètre toujours dans l'anus.

Gillot ne s'occupe pas de mon oreille.

– Ce n'est pas mon métier, m'a-t-il dit, sur un ton d'enfant sage qui ne touche pas à la boîte d'allumettes.

Un spécialiste vient chaque jour et, une petite ampoule électrique appliquée à son front examine mon oreille, dans laquelle il introduit un spéculum. Il y passe un stylet entouré d'un morceau de coton. Il travaille avec une application de bon ouvrier. J'ai le sentiment d'être une machine compliquée qu'on répare.

Un oculiste est venu aussi un matin.

C'est un petit homme d'une trentaine d'années, déjà chauve. Ses yeux bleus ont un aspect gélatineux. Si l'on y enfonçait ses doigts, le globe de l'œil se creuserait et reviendrait tout seul à sa forme. Les pointes de ses moustaches sont faites de poils blonds très longs et très rares. On dirait des moustaches de chat. Il a de très grandes manchettes, de petits gestes et une petite voix.

– Où avez-vous mal... voyons... où avez-vous mal?...

J'ai quelque difficulté à préciser.

Dans la tête... à l'intérieur de la tête. Mais je

ne me suis jamais promené dans l'intérieur de ma tête. Et ma douleur s'irradie.

– Dans la tête... dans la tête... c'est très joli, ça, d'avoir mal dans la tête... Mais enfin localisez... il faut localiser...

Je touche un point au sommet de mon crâne. Il me semble bien que c'est là, mais en dessous, dans les profondeurs de la tête...

– Oui... oui... Ah... bien... bien... bien.

Il palpe ma tête.

– Ici... ah non... c'est impossible... Décidément vous ne localisez pas... vous ne savez pas localiser...

Ah! je ne sais pas localiser.

Il n'a pas l'air de m'examiner. Il a plutôt l'air de me confesser. Il me regarde avec méfiance. Il m'ennuie. Il me raconte des histoires.

– Très important, vous savez... ou plutôt non, vous ne savez pas... l'examen des yeux. Ah les yeux... Savez-vous seulement où ils sont vos yeux. Vous croyez qu'ils sont au milieu de la tête, de chaque côté du nez. Ce n'est pas plus difficile que ça... n'est-ce pas? De chaque côté du nez... Eh bien... je vous dirais bien où ils sont vos yeux. Mais vous ne comprendriez pas... Ils sont dans une circonvolution de votre cerveau... Ça vous étonne... hein? Eh bien... il faut dix ans de médecine pour comprendre ça...

Et il s'en va, en rentrant ses manchettes d'un petit pas de danseur.

Gillot passe si vite, le matin, dans ma chambre, qu'à peine ai-je eu le temps de me soulever sur mon lit, il est déjà parti. Une malade qu'il opéra me disait un jour de lui : « Je n'ai jamais pu voir exactement quel était son visage. Gillot a ceci de Dieu qu'on ne le voit pas. Il apparaît, il se manifeste; mais il ne voisine pas... »

Cette malade était une femme bavarde. Sans doute eût-elle voulu lui raconter par le détail non seulement sa maladie, mais aussi son âme, qui est exceptionnelle parmi toutes les âmes, et les succès de ses fils dans leurs examens.

Je crois qu'il passe vite, simplement parce qu'il prend plaisir à voir vite. Cet air de chef entraînant la victoire après soi lui est naturel. Il ne vient pas au lit de son malade, comme s'il lui rendait visite. Il ne s'installe pas. Il ne semble pas chercher, par menus tâtonnements, une conclusion difficile. Il ouvre la porte. Déjà son regard est sur moi. Le voici qui va droit à mon lit, comme s'il s'élançait pour une conquête. Et quand il est parti, je suis comme le blessé des tableaux d'histoire, à qui son général a accroché la croix d'honneur.

J'ai toujours envie de lui dire : « Voici mes bras, mes jambes, et mon ventre et ma tête... prenez... ouvrez... ils sont à vous, je vous les donne. »

Les aides de Gillot ont, quand ils sont seuls dans ma chambre, un air d'autorité, mais à la façon du déménageur qui dit : « Je viens pour le piano... » Quand ils me palpent la tête, ils semblent prendre livraison de secrets importants qu'ils se confient à eux-mêmes. Je les regarde, quand ils me palpent ou me pansent, comme je regarde travailler un ouvrier qui viendrait pour une réparation.

Mais lui, on dirait qu'il a sauté de la ville dans ma chambre : Il n'a pas le sourire du médecin qui vaut le sourire de la danseuse. Il n'a pas non plus apprêté son visage comme un sous-préfet qui préside une distribution de prix. S'il reste quelques secondes près de mon lit, je suis étonné comme le matin, quand le globe de soleil posé en face de mes vitres m'oblige à fermer les yeux.

Il y a beaucoup de douceur dans sa voix brusque

et dans ses mouvements d'animal musclé, cette douceur qui jamais ne manque à ceux qui savent où appliquer leur force.

Sans doute il porte en lui sa légende de grand chirurgien. On dit que les femmes veulent se faire opérer par lui, sans nul besoin, pour le plaisir. Il opère les princes et les milliardaires, qui, devant lui, dorment le sommeil du chloroforme et ne gardent plus vivant que leur bulbe pour respirer, leur bulbe tout semblable au bulbe des pauvres. Mais ce n'est pas sa légende qui m'émeut. La gloire est morte. Les journaux l'ont monnayée. Un d'Annunzio lui-même peut avoir l'illusion de la gloire, s'il a la certitude de la publicité. La gloire ne se mesure plus à son amplitude, mais à sa qualité.

Je sens que sa gaîté est un art de s'égaler à la vie. Et cette gaîté-là, c'est la seule vertu qu'il faille demander aux hommes. Un jour il a réuni ses infirmières et il leur a dit seulement : « Il faut être gai avec les malades. »

Sa présence me donne envie de guérir. J'ai, devant lui, un peu honte d'être malade. La force qui est en moi, s'il en est, je voudrais la lui montrer, comme un soldat convaincu fait du zèle pour que son chef l'estime. Je voudrais ne plus être un enfant malade qui ne peut rien. Je voudrais... qu'il fût en danger de se noyer, me jeter à l'eau, le sauver...

Je vais mieux, beaucoup mieux. Et un matin Gillot me dit :

– Il faut aller prendre l'air...

Je ne suis plus de la Maison Blanche...

Ces mots de Gillot ont brisé le lien...

Je puis partir. Je suis presque un homme bien portant. Je suis impatient. Je suis ingrat.

Comme je traversais le couloir, j'ai rencontré

une malade déjà endormie, sur un chariot que deux infirmières poussaient vers l'ascenseur.

Et voici je ne sais quel silence qui se glisse en moi et me remplit. J'éprouve un vague besoin de m'agenouiller devant la souffrance. Entre cette malade endormie et moi-même une pitié conventionnelle s'insinue. J'ai envie d'écarter devant le chariot d'invisibles obstacles. Je ne songe pas aux joies magnifiques qui l'attendent, à la belle joie de Gillot qui, tout à l'heure, dans la claire salle d'opération, travaillera de son métier précis.

Est-il bien vrai que j'ai souffert? Elle avait raison l'infirmière aux maximes murales, qui déclarait que la nature humaine est ainsi faite qu'elle oublie plus vite la souffrance que le plaisir.

Je ne suis plus digne de la Maison Blanche. Je m'y ennuie. Les infirmières ne sont plus que des personnes humaines. Je leur attribue des qualités professionnelles. Elles ne sont plus des apparitions blanches. Je les connais comme des membres de ma famille.

Ce dernier matin, j'avais 37°. Je ne sais plus lire le blanc.

Par la vitre de l'auto, je revois Paris couleur de fleuve en temps d'inondation. De la boue des rues aux devantures des boutiques, tout est sali des nuances innombrables du jaune et du brun. J'avais oublié qu'il y avait tant de couleurs sur la terre. Mes yeux en éprouvent comme une nausée.

Comme la vie doit être difficile, hors du blanc.

Ma chambre ressemble à l'intérieur d'une malle pas encore déballée. Je m'installe à une table. J'écris à Germaine Dolabel, qui fut une si gentille consolatrice. Je m'applique à écrire l'adresse pour que le facteur puisse bien lire.

GERMAINE DOLABEL
19, rue Linné.

La lettre me revient deux jours après avec la mention :

« Partie sans laisser d'adresse. »

Il faut recommencer à vivre hors du blanc.

CET OUVRAGE
A ÉTÉ ACHEVÉ D'IMPRIMER
SUR ROTO-PAGE
PAR L'IMPRIMERIE FLOCH
À MAYENNE EN MARS 2003

N° d'éd. 134. N° d'impr. 56550.
D.L. mars 2003.
(Imprimé en France)